T0258149

Contemporánea

Mario Vargas Llosa nació en Arequipa, Perú, en 1936. Aunque había estrenado un drama en Piura y publicado un libro de relatos, *Los jefes*, que obtuvo el Premio Leopoldo Alas, su carrera literaria cobró notoriedad con la publicación de *La ciudad y los perros*, Premio Biblioteca Breve (1962) y Premio de la Crítica (1963). En 1965 apareció su segunda novela, *La Casa Verde*, que obtuvo el Premio de la Crítica y el Premio Internacional Rómulo Gallegos. Posteriormente ha publicado piezas teatrales (*La señorita de Tacna*; *Kathie y el hipopótamo*; *La Chunga*; *El loco de los balcones*; *Ojos bonitos, cuadros feos*, y *Las mil noches y una noche*), estudios y ensayos (como *La orgía perpetua*, *La verdad de las mentiras*, *La tentación de lo imposible*, *El viaje a la ficción*, *La civilización del espectáculo* y *La llamada de la tribu*), memorias (*El pez en el agua*), relatos (*Los cachorros*) y, sobre todo, novelas: *Conversación en La Catedral*, *Pantaleón y las visitadoras*, *La tía Julia y el escribidor*, *La guerra del fin del mundo*, *Historia de Mayta*, *¿Quién mató a Palomino Molero?*, *El hablador*, *Elogio de la madrastra*, *Lituma en los Andes*, *Los cuadernos de don Rigoberto*, *La Fiesta del Chivo*, *El Paraíso en la otra esquina*, *Travesuras de la niña mala*, *El sueño del celta*, *El héroe discreto*, *Cinco Esquinas* y *Tiempos recios*. Ha obtenido los más importantes galardones literarios, desde los ya mencionados hasta el Premio Cervantes, el Príncipe de Asturias, el PEN/Nabokov, el Grinzane Cavour, el Premio Nobel de Literatura 2010 y el Premio Internacional Carlos Fuentes a la Creación Literaria.

PREMIO NOBEL DE LITERATURA

Mario Vargas Llosa

Los jefes
Los cachorros

DEBOLS!LLO

Papel certificado por el Forest Stewardship Council®

Primera edición en Debolsillo: junio de 2015
Novena reimpresión: junio de 2023

© 1959, 1967, Mario Vargas Llosa
© 2015, Penguin Random House Grupo Editorial, S.A.U.
Travessera de Gràcia, 47-49. 08021 Barcelona
Diseño de la cubierta: Penguin Random House Grupo Editorial
Fotografía de la cubierta: Sánchez / Lacasta
Fotografía del autor: © Morgana Vargas Llosa

Printed in Spain – Impreso en España

ISBN: 978-84-9062-607-8
Depósito legal: B-11.992-2015

Impreso en Liberdúplex
Sant Llorenç d'Hortons (Barcelona)

P 6 2 6 0 7 B

Los jefes

Los jefes

I

Javier se adelantó por un segundo:

—¡Pito! —gritó, ya de pie.

La tensión se quebró, violentamente, como una explosión. Todos estábamos parados: el doctor Abásalo tenía la boca abierta. Enrojecía, apretando los puños. Cuando, recobrándose, levantaba una mano y parecía a punto de lanzar un sermón, el pito sonó de verdad. Salimos corriendo con estrépito, enloquecidos, azuzados por el graznido de cuervo de Amaya, que avanzaba volteando carpetas.

El patio estaba sacudido por los gritos. Los de cuarto y tercero habían salido antes, formaban un gran círculo que se mecía bajo el polvo. Casi con nosotros, entraron los de primero y segundo; traían nuevas frases agresivas, más odio. El círculo creció. La indignación era unánime en la media. (La primaria tenía un patio pequeño, de mosaicos azules, en el ala opuesta del colegio.)

—Quiere fregarnos, el serrano.

—Sí. Maldito sea.

Nadie hablaba de los exámenes finales. El fulgor de las pupilas, las vociferaciones, el escándalo indicaban que había llegado el momento de enfrentar al director.

De pronto, dejé de hacer esfuerzos por contenerme y comencé a recorrer febrilmente los grupos: «¿Nos friega y nos callamos?». «Hay que hacer algo.» «Hay que hacer algo.»

Una mano férrea me extrajo del centro del círculo.

—Tú no —dijo Javier—. No te metas. Te expulsan. Ya lo sabes.

—Ahora no me importa. Me las va a pagar todas. Es mi oportunidad, ¿ves? Hagamos que formen.

En voz baja fuimos repitiendo por el patio, de oído en oído: «Formen filas», «a formar, rápido».

—¡Formemos las filas! —el vozarrón de Raygada vibró en el aire sofocante de la mañana.

Muchos, a la vez, corearon:

—¡A formar! ¡A formar!

Los inspectores Gallardo y Romero vieron entonces, sorprendidos, que de pronto decaía el bullicio y se organizaban las filas antes de concluir el recreo. Estaban apoyados en la pared, junto a la sala de profesores, frente a nosotros, y nos miraban nerviosamente. Luego se miraron entre ellos. En la puerta habían aparecido algunos profesores; también estaban extrañados.

El inspector Gallardo se aproximó:

—¡Oigan! —gritó, desconcertado—. Todavía no...

—Calla —repuso alguien, desde atrás—. ¡Calla, Gallardo, maricón!

Gallardo se puso pálido. A grandes pasos, con gesto amenazador, invadió las filas. A su espalda, varios gritaban: «¡Gallardo, maricón!».

—Marchemos —dije—. Demos vueltas al patio. Primero los de quinto.

Comenzamos a marchar. Taconeábamos con fuerza, hasta dolernos los pies. A la segunda vuelta —formábamos un rectángulo perfecto, ajustado a las dimensiones del patio— Javier, Raygada, León y yo principiamos:

—Ho-ra-rio; ho-ra-rio; ho-ra-rio...

El coro se hizo general.

—¡Más fuerte! —prorrumpió la voz de alguien que yo odiaba: Lu—. ¡Griten!

De inmediato, el vocerío aumentó hasta ensordecer.

—Ho-ra-rio; ho-ra-rio; ho-ra-rio...

Los profesores, cautamente, habían desaparecido cerrando tras ellos la puerta de la sala de estudios. Al pasar los de quinto junto al rincón donde Teobaldo vendía fruta sobre un madero, dijo algo que no oímos. Movía las manos, como alentándonos. «Puerco», pensé.

Los gritos arreciaban. Pero ni el compás de la marcha, ni el estímulo de los chillidos, bastaban para disimular que estábamos asustados. Aquella espera era angustiosa. ¿Por qué tardaba en salir? Aparentando valor aún, repetíamos la frase, mas habían comenzado a mirarse unos a otros y se escuchaban, de cuando en cuando, agudas risitas forzadas. «No debo pensar en nada», me decía. «Ahora no.» Ya me costaba trabajo gritar: estaba ronco y me ardía la garganta. De pronto, casi sin saberlo, miraba el cielo: perseguía a un gallinazo que planeaba suavemente sobre el colegio, bajo una bóveda azul, límpida y profunda, alumbrada por un disco amarillo en un costado, como un lunar. Bajé la cabeza, rápidamente.

Pequeño, amoratado, Ferrufino había aparecido al final del pasillo que desembocaba en el patio de recreo.

Los pasitos breves y chuecos, como de pato, que lo acercaban interrumpían abusivamente el silencio que había reinado de improviso, sorprendiéndome. (La puerta de la sala de profesores se abre; asoma un rostro diminuto, cómico. Estrada quiere espiarnos: ve al director a unos pasos; velozmente, se hunde; su mano infantil cierra la puerta.) Ferrufino estaba frente a nosotros: recorría desorbitado los grupos de estudiantes enmudecidos. Se habían deshecho las filas; algunos corrieron a los baños, otros rodeaban desesperadamente la cantina de Teobaldo. Javier, Raygada, León y yo quedamos inmóviles.

—No tengan miedo —dije, pero nadie me oyó porque simultáneamente había dicho el director:

—Toque el pito, Gallardo.

De nuevo se organizaron las hileras, esta vez con lentitud. El calor no era todavía excesivo, pero ya padecíamos cierto sopor, una especie de aburrimiento. «Se cansaron —murmuró Javier—. Malo.» Y advirtió, furioso:

—¡Cuidado con hablar!

Otros propagaron el aviso.

—No —dije—. Espera. Se pondrán como fieras apenas hable Ferrufino.

Pasaron algunos segundos de silencio, de sospechosa gravedad, antes de que fuéramos levantando la vista, uno por uno, hacia aquel hombrecito vestido de gris. Estaba con las manos enlazadas sobre el vientre, los pies juntos, quieto.

—No quiero saber quién inició este tumulto —recitaba. Un actor: el tono de su voz, pausado, suave, las palabras casi cordiales, su postura de estatua, eran cuidadosamente afectadas. ¿Habría estado ensayándose solo, en su despacho?—. Actos como éste son una vergüenza para ustedes, para el colegio y para mí. He tenido mucha paciencia, demasiada, óiganlo bien, con el promotor de estos desórdenes, pero ha llegado al límite...

¿Yo o Lu? Una interminable lengua de fuego lamía mi espalda, mi cuello, mis mejillas a medida que los ojos de toda la media iban girando hasta encontrarme. ¿Me miraba Lu? ¿Tenía envidia? ¿Me miraban los coyotes? Desde atrás, alguien palmeó mi brazo dos veces, alentándome. El director habló largamente sobre Dios, la disciplina y los valores supremos del espíritu. Dijo que las puertas de la dirección estaban siempre abiertas, que los valientes de verdad debían dar la cara.

—Dar la cara —repitió; ahora era autoritario—, es decir, hablar de frente, hablarme a mí.

—¡No seas imbécil! —dije, rápido—. ¡No seas imbécil!

Pero Raygada ya había levantado su mano al mismo tiempo que daba un paso a la izquierda, abandonando la formación. Una sonrisa complaciente cruzó la boca de Ferrufino y desapareció de inmediato.

—Escucho, Raygada... —dijo.

A medida que éste hablaba, sus palabras le inyectaban valor. Llegó incluso, en un momento, a agitar sus brazos, dramáticamente. Afirmó que no éramos malos y que amábamos el colegio y a nuestros maestros; recordó que la juventud era impulsiva. En nombre de todos, pidió disculpas. Luego tartamudeó, pero siguió adelante:

—Nosotros le pedimos, señor director, que ponga horarios de exámenes como en años anteriores... —se calló, asustado.

—Anote, Gallardo —dijo Ferrufino—. El alumno Raygada vendrá a estudiar la próxima semana, todos los días, hasta las nueve de la noche —hizo una pausa—. El motivo figurará en la libreta: por rebelarse contra una disposición pedagógica.

—Señor director… —Raygada estaba lívido.

—Me parece justo —susurró Javier—. Por bruto.

II

Un rayo de sol atravesaba el sucio tragaluz y venía a acariciar mi frente y mis ojos, me invadía de paz. Sin embargo, mi corazón estaba algo agitado y a ratos sentía ahogos. Faltaba media hora para la salida; la impaciencia de los muchachos había decaído un poco. ¿Responderían, después de todo?

—Siéntese, Montes —dijo el profesor Zambrano—. Es usted un asno.

—Nadie lo duda —afirmó Javier, a mi costado—. Es un asno.

¿Habría llegado la consigna a todos los años? No quería martirizar de nuevo mi cerebro con suposiciones pesimistas, pero a cada momento veía a Lu, a pocos metros de mi carpeta, y sentía desasosiego y duda, porque sabía que en el fondo iba a decidirse, no el horario de exámenes, ni siquiera una cuestión de honor, sino una venganza personal. ¿Cómo descuidar esta ocasión feliz para atacar al enemigo que había bajado la guardia?

—Toma —dijo a mi lado, alguien—. Es de Lu.

«Acepto tomar el mando, contigo y Raygada.» Lu había firmado dos veces. Entre sus nombres, como un pequeño borrón, aparecía con la tinta brillante aún, un signo que todos respetábamos: la letra C, en mayúscula, encerrada en un círculo negro. Lo miré: su frente y su boca eran estrechas; tenía los ojos rasgados, la piel hundida en las mejillas y la mandíbula pronunciada y firme. Me observaba seriamente; acaso pensaba que la situación le exigía ser cordial.

En el mismo papel respondí: «Con Javier». Leyó sin inmutarse y movió la cabeza afirmativamente.

—Javier —dije.

—Ya sé —respondió—. Está bien. Le haremos pasar un mal rato.

¿Al director o a Lu? Iba a preguntárselo, pero me distrajo el silbato que anunciaba la salida. Simultáneamente se elevó el griterío sobre nuestras cabezas, mezclado con el ruido de las carpetas removidas. Alguien —¿Córdoba, quizá?— silbaba con fuerza, como queriendo destacar.

—¿Ya saben? —dijo Raygada, en la fila—. Al Malecón.

—¡Qué vivo! —exclamó uno—. Está enterado hasta Ferrufino.

Salíamos por la puerta de atrás, un cuarto de hora después que la primaria. Otros lo habían hecho ya, y la mayoría de los alumnos se había detenido en la calzada, formando pequeños grupos. Discutían, bromeaban, se empujaban.

—Que nadie se quede por aquí —dije.

—¡Conmigo los coyotes! —gritó Lu, orgulloso.

Veinte muchachos lo rodearon.

—Al Malecón —ordenó—, todos al Malecón.

Tomados de los brazos, en una línea que unía las dos aceras, cerramos la marcha los de quinto, obligando a apresurarse a los menos entusiastas a codazos.

Una brisa tibia, que no lograba agitar los secos algarrobos ni nuestros cabellos, llevaba de un lado a otro la arena que cubría a pedazos el suelo calcinado del Malecón. Habían respondido. Ante nosotros —Lu, Javier, Raygada y yo—, que dábamos la espalda a la baranda y a los interminables arenales que comenzaban en la orilla contraria del cauce, una muchedumbre compacta, extendida a lo largo de toda la cuadra, se mantenía serena, aunque a veces, aisladamente, se escuchaban gritos estridentes.

—¿Quién habla? —preguntó Javier.

—Yo —propuso Lu, listo para saltar a la baranda.

—No —dije—. Habla tú, Javier.

Lu se contuvo y me miró, pero no estaba enojado.

—Bueno —dijo; y agregó, encogiendo los hombros—: ¡Total!

Javier trepó. Con una de sus manos se apoyaba en un árbol encorvado y reseco y con la otra se sostenía de mi cuello. Entre sus piernas, agitadas por un leve temblor que desaparecía a medida que el tono de su voz se hacía convincente y enérgico, veía yo el seco y ardiente cauce del río y pensaba en Lu y en los coyotes. Había sido suficiente apenas un segundo para que pasara a primer lugar; ahora tenía el mando y lo admiraban, a él, ratita amarillenta que no hacía seis meses imploraba mi permiso para entrar en la banda. Un descuido infinitamente pequeño, y luego la sangre, corriendo en abundancia por mi rostro y mi cuello, y mis brazos y piernas inmovilizados bajo la claridad lunar, incapaces ya de responder a sus puños.

—Te he ganado —dijo, resollando—. Ahora soy el jefe. Así acordamos.

Ninguna de las sombras estiradas en círculo en la blanda arena, se había movido. Sólo los sapos y los grillos respondían a Lu, que me insultaba. Tendido todavía sobre el cálido suelo, atiné a gritar:

—Me retiro de la banda. Formaré otra, mucho mejor.

Pero yo y Lu y los coyotes que continuaban agazapados en la sombra, sabíamos que no era verdad.

—Me retiro yo también —dijo Javier.

Me ayudaba a levantarme. Regresamos a la ciudad, y, mientras caminábamos por las calles vacías, yo iba limpiándome con el pañuelo de Javier la sangre y las lágrimas.

—Habla tú ahora —dijo Javier. Había bajado y algunos lo aplaudían.

—Bueno —repuse y subí a la baranda.

Ni las paredes del fondo, ni los cuerpos de mis compañeros hacían sombra. Tenía las manos húmedas y creí que eran los nervios, pero era el calor. El sol estaba en el centro del cielo; nos sofocaba. Los ojos de mis compañeros no llegaban a los míos: miraban el suelo y mis rodillas. Guardaban silencio. El sol me protegía.

—Pediremos al director que ponga el horario de exámenes, lo mismo que otros años. Raygada, Javier, Lu y yo formamos la comisión. La media está de acuerdo, ¿no es verdad?

La mayoría asintió, moviendo la cabeza. Unos cuantos gritaron: «Sí, sí».

—Lo haremos ahora mismo —dije—. Ustedes nos esperarán en la plaza Merino.

Echamos a andar. La puerta principal del colegio estaba cerrada. Tocamos con fuerza; escuchábamos a nuestra espalda un murmullo creciente. Abrió el inspector Gallardo.

—¿Están locos? —dijo—. No hagan eso.

—No se meta —lo interrumpió Lu—. ¿Cree que el serrano nos da miedo?

—Pasen —dijo Gallardo—. Ya verán.

III

Sus ojillos nos observaban minuciosamente. Quería aparentar sorna y despreocupación, pero no ignorábamos que su sonrisa era forzada y que en el fondo de ese cuerpo rechoncho había temor y odio. Fruncía y despejaba el ceño, el sudor brotaba a chorros de sus pequeñas manos moradas.

Estaba trémulo:

—¿Saben ustedes cómo se llama esto? Se llama rebelión, insurrección. ¿Creen ustedes que voy a someterme a los caprichos de unos ociosos? Las insolencias las aplasto…

Bajaba y subía la voz. Lo veía esforzarse por no gritar. «¿Por qué no revientas de una vez?», pensé. «¡Cobarde!»

Se había parado. Una mancha gris flotaba en torno de sus manos, apoyadas sobre el vidrio del escritorio. De pronto su voz ascendió, se volvió áspera:

—¡Fuera! Quien vuelva a mencionar los exámenes será castigado.

Antes que Javier o yo pudiéramos hacerle una señal, apareció entonces el verdadero Lu, el de los asaltos nocturnos a las rancherías de la Tablada, el de los combates contra los zorros en los médanos.

—Señor director...

No me volví a mirarlo. Sus ojos oblicuos estarían despidiendo fuego y violencia, como cuando luchamos en el seco cauce del río. Ahora tendría también muy abierta su boca llena de babas, mostraría sus dientes amarillos.

—Tampoco nosotros podemos aceptar que nos jalen a todos porque quiere que no haya horarios. ¿Por qué quiere que todos saquemos notas bajas? ¿Por qué...?

Ferrufino se había acercado. Casi lo tocaba con su cuerpo. Lu, pálido, aterrado, continuaba hablando:

—... estamos ya cansados...

—¡Cállate!

El director había levantado los brazos y sus puños estrujaban algo.

—¡Cállate! —repitió con ira—. ¡Cállate, animal! ¡Cómo te atreves!

Lu estaba ya callado, pero miraba a Ferrufino a los ojos como si fuera a saltar súbitamente sobre su cuello: «Son iguales», pensé. «Dos perros.»

—De modo que has aprendido de éste.

Su dedo apuntaba a mi frente. Me mordí el labio: pronto sentí que recorría mi lengua un hilito caliente y eso me calmó.

—¡Fuera! —gritó de nuevo—. ¡Fuera de aquí! Les pesará.

Salimos. Hasta el borde de los escalones que vinculaban el Colegio San Miguel con la plaza Merino se extendía una multitud inmóvil y anhelante. Nuestros compañeros habían invadido los pequeños jardines y la fuente; estaban silenciosos y angustiados. Extrañamente, entre la mancha clara y estática aparecían blancos, diminutos rectángulos que nadie pisaba. Las cabezas parecían iguales, uniformes, como en la formación para el desfile. Atravesamos la plaza. Nadie nos interrogó; se hacían a un lado, dejándonos paso y apretaban los labios. Hasta que pisamos la avenida, se mantuvieron en su lugar. Luego, siguiendo una consigna que nadie había impartido, caminaron tras de nosotros, al paso sin compás, como para ir a clases.

El pavimento hervía, parecía un espejo que el sol iba disolviendo. «¿Será verdad?», pensé. Una noche calurosa y desierta me lo habían contado, en esta misma avenida, y no lo creí. Pero los periódicos decían que el sol, en algunos apartados lugares, volvía locos a los hombres y a veces los mataba.

—Javier —pregunté—. ¿Tú viste que el huevo se freía solo, en la pista?

Sorprendido, movió la cabeza.

—No. Me lo contaron.

—¿Será verdad?

—Quizás. Ahora podríamos hacer la prueba. El suelo arde, parece un brasero.

En la puerta de La Reina apareció Alberto. Su pelo rubio brillaba hermosamente: parecía de oro. Agitó su mano derecha, cordial. Tenía muy abiertos sus enormes ojos verdes y sonreía. Tendría curiosidad por saber a dónde marchaba esa multitud uniformada y silenciosa, bajo el rudo calor.

—¿Vienes después? —me gritó.

—No puedo. Nos veremos a la noche.

—Es un imbécil —dijo Javier—. Es un borracho.

—No —afirmé—. Es mi amigo. Es un buen muchacho.

IV

—Déjame hablar, Lu —le pedí, procurando ser suave.

Pero ya nadie podía contenerlo. Estaba parado en la baranda, bajo las ramas del seco algarrobo: mantenía admirablemente el equilibrio y su piel y su rostro recordaban un lagarto.

—¡No! —dijo agresivamente—. Voy a hablar yo.

Hice una seña a Javier. Nos acercamos a Lu y apresamos sus piernas. Pero logró tomarse a tiempo del árbol y zafar su pierna derecha de mis brazos; rechazado por un fuerte puntapié en el hombro tres pasos atrás, vi a Javier enlazar velozmente a Lu de las rodillas, y alzar su rostro y desafiarlo con sus ojos que hería el sol salvajemente.

—¡No le pegues! —grité. Se contuvo, temblando, mientras Lu comenzaba a chillar:

—¿Saben ustedes lo que nos dijo el director? Nos insultó, nos trató como a bestias. No le da su gana de poner los horarios porque quiere fregarnos. Jalará a todo el colegio y no le importa. Es un...

Ocupábamos el mismo lugar que antes y las torcidas filas de muchachos comenzaban a cimbrearse. Casi toda la media continuaba presente. Con el calor y cada palabra de Lu crecía la indignación de los alumnos. Se enardecían.

—Sabemos que nos odia. No nos entendemos con él. Desde que llegó, el colegio no es un colegio. Insulta, pega. Encima quiere jalarnos en los exámenes.

Una voz aguda y anónima lo interrumpió:

—¿A quién le ha pegado?

Lu dudó un instante. Estalló de nuevo:

—¿A quién? —desafió—. ¡Arévalo, que te vean todos la espalda!

Entre murmullos, surgió Arévalo del centro de la masa. Estaba pálido. Era un coyote. Llegó hasta Lu y descubrió su pecho y espalda. Sobre sus costillas, aparecía una gruesa franja roja.

—¡Esto es Ferrufino! —la mano de Lu mostraba la marca mientras sus ojos escrutaban los rostros atónitos de los más inmediatos. Tumultuosamente, el mar humano se estrechó en torno a nosotros; todos pugnaban por acercarse a Arévalo y nadie oía a Lu, ni a Javier y Raygada que pedían calma, ni a mí, que gritaba: «¡Es mentira!, ¡no le hagan caso!, ¡es mentira!». La marea me alejó de la baranda y de Lu. Estaba ahogado. Logré abrirme camino hasta salir del tumulto. Desanudé mi corbata y tomé aire con la boca abierta y los brazos en alto, lentamente, hasta sentir que mi corazón recuperaba su ritmo.

Raygada estaba junto a mí. Indignado, me preguntó:

—¿Cuándo fue lo de Arévalo?

—Nunca.

—¿Cómo?

Hasta él, siempre sereno, había sido conquistado. Las aletas de su nariz palpitaban vivamente y tenía apretados los puños.

—Nada —dije—, no sé cuándo fue.

Lu esperó que decayera un poco la excitación. Luego, levantando su voz sobre las protestas dispersas:

—¿Ferrufino nos va a ganar? —preguntó a gritos; su puño colérico amenazaba a los alumnos—. ¿Nos va a ganar? ¡Respóndanme!

—¡No! —prorrumpieron quinientos o más—. ¡No! ¡No!

Estremecido por el esfuerzo que le imponían sus chillidos, Lu se balanceaba victorioso sobre la baranda.

—Que nadie entre al colegio hasta que aparezcan los horarios de exámenes. Es justo. Tenemos derecho. Y tampoco dejaremos entrar a la primaria.

Su voz agresiva se perdió entre los gritos. Frente a mí, en la masa erizada de brazos que agitaban jubilosamente centenares de boinas a lo alto, no distinguí uno solo que permaneciera indiferente o adverso.

—¿Qué hacemos?

Javier quería demostrar tranquilidad, pero sus pupilas brillaban.

—Está bien —dije—. Lu tiene razón. Vamos ayudarlo.

Corrí hacia la baranda y trepé.

—Adviertan a los de primaria que no hay clases a la tarde —dije—. Pueden irse ahora. Quédense los de quinto y los de cuarto para rodear el colegio.

—Y también los coyotes —concluyó Lu, feliz.

V

—Tengo hambre —dijo Javier.

El calor había atenuado. En el único banco útil de la plaza Merino recibíamos los rayos del sol, filtrados fácilmente a través de unas cuantas gasas que habían aparecido en el cielo, pero casi ninguno transpiraba.

León se frotaba las manos y sonreía: estaba inquieto.

—No tiembles —dijo Amaya—. Estás grandazo para tenerle miedo a Ferrufino.

—¡Cuidado! —la cara de mono de León había enrojecido y su mentón sobresalía—. ¡Cuidado, Amaya! —estaba de pie.

—No peleen —dijo Raygada tranquilamente—. Nadie tiene miedo. Sería un imbécil.

—Demos una vuelta por atrás —propuse a Javier.

Contorneamos el colegio, caminando por el centro de la calle. Las altas ventanas estaban entreabiertas y no se veía a nadie tras ellas, ni se escuchaba ruido alguno.

—Están almorzando —dijo Javier.

—Sí, claro.

En la vereda opuesta, se alzaba la puerta principal del Salesiano. Los medios internos estaban apostados en el techo, observándonos. Sin duda, habían sido informados.

—¡Qué muchachos valientes! —se burló alguien.

Javier los insultó. Respondió una lluvia de amenazas. Algunos escupieron, pero sin acertar. Hubo risas. «Se mueren de envidia», murmuró Javier.

En la esquina vimos a Lu. Estaba sentado en la vereda, solo, y miraba distraídamente la pista. Nos vio y caminó hacia nosotros. Parecía contento.

—Vinieron dos churres de primero —dijo—. Los mandamos a jugar al río.

—¿Sí? —dijo Javier—. Espera media hora y verás. Se va a armar el gran escándalo.

Lu y los coyotes custodiaban la puerta trasera del colegio. Estaban repartidos entre las esquinas de las calles de Lima y Arequipa. Cuando llegamos al umbral del callejón, conversaban en grupo y reían. Todos llevaban palos y piedras.

—Así no —dije—. Si les pegan, los churres van a querer entrar de todos modos.

Lu rió.

—Ya verán. Por esta puerta no entra nadie.

También él tenía un garrote que ocultaba hasta entonces con su cuerpo. Nos lo enseñó, agitándolo.

—¿Y por allá? —preguntó.

—Todavía nada.

A nuestra espalda alguien voceaba nuestros nombres. Era Raygada: venía corriendo y nos llamaba agitando la mano frenéticamente. «Ya llegan, ya llegan —dijo, con ansiedad—. Vengan.» Se detuvo de golpe diez metros antes de alcanzarnos. Dio media vuelta y regresó a toda carrera. Estaba excitadísimo. Javier y yo también corrimos. Lu nos gritó algo del río. «¿El río?», pensé. «No existe. ¿Por qué todo el mundo habla del río si sólo baja el agua un mes al año?» Javier corría a mi lado, resoplando.

—¿Podremos contenerlos?

—¿Qué? —le costaba trabajo abrir la boca, se fatigaba más.

—¿Podremos contener a la primaria?

—Creo que sí. Todo depende.

—Mira.

En el centro de la plaza, junto a la fuente, León, Amaya y Raygada hablaban con un grupo de pequeños, cinco o seis. La situación parecía tranquila.

—Repito —decía Raygada, con la lengua afuera—. Váyanse al río. No hay clases, no hay clases. ¿Está claro? ¿O paso una película?

—Eso —dijo uno, de nariz respingada—. Que sea en colores.

—Miren —les dije—. Hoy no entra nadie al colegio. Nos vamos al río. Jugaremos fútbol: primaria contra media. ¿De acuerdo?

—Ja, ja —rió el de la nariz, con suficiencia—. Les ganamos. Somos más.

—Ya veremos. Vayan para allá.

—No quiero —replicó una voz atrevida—. Yo voy al colegio.

Era un muchacho de cuarto, delgado y pálido. Su largo cuello emergía como un palo de escoba de la camisa comando, demasiado ancha para él. Era brigadier de año. Inquieto por su audacia, dio unos pasos hacia atrás. León corrió y lo tomó de un brazo.

—¿No has entendido? —había acercado su cara a la del chiquillo y le gritaba. ¿De qué diablos se asustaba León?—. ¿No has entendido, churre? No entra nadie. Ya vamos, camina.

—No lo empujes —dije—. Va a ir solo.

—¡No voy! —gritó. Tenía el rostro levantado hacia León, lo miraba con furia—. ¡No voy! No quiero huelga.

—¡Cállate, imbécil! ¿Quién quiere huelga? —León parecía muy nervioso. Apretaba con todas sus fuerzas el brazo del brigadier. Sus compañeros observaban la escena, divertidos.

—¡Nos pueden expulsar! —el brigadier se dirigía a los pequeños, se le notaba atemorizado y colérico—. Ellos quieren huelga porque no les van a poner horario, les van a tomar los exámenes de repente, sin que sepan cuándo. ¿Creen que no sé? ¡Nos pueden expulsar! Vamos al colegio, muchachos.

Hubo un movimiento de sorpresa entre los chiquillos. Se miraban ya sin sonreír, mientras el otro seguía chillando que nos iban a expulsar. Lloraba.

—¡No le pegues! —grité, demasiado tarde. León lo había golpeado en la cara, no muy fuerte, pero el chico se puso a patalear y a gritar.

—Pareces un chivo —advirtió alguien.

Miré a Javier. Ya había corrido. Lo levantó y se lo echó a los hombros como un fardo. Se alejó con él. Lo siguieron varios, riendo a carcajadas.

—¡Al río! —gritó Raygada. Javier escuchó porque lo vimos doblar con su carga por la avenida Sánchez Cerro, camino al Malecón.

El grupo que nos rodeaba iba creciendo. Sentados en los sardineles y en los bancos rotos, y los demás transitando aburridamente por los pequeños senderos asfaltados del parque, nadie, felizmente, intentaba ingresar al colegio. Repartidos en parejas, los diez encargados de custodiar la puerta principal, tratábamos de entusiasmarlos: «Tienen que poner los horarios, porque si no, nos friegan. Y a ustedes también, cuando les toque».

—Siguen llegando —me dijo Raygada—. Somos pocos. Nos pueden aplastar, si quieren.

—Si los entretenemos diez minutos, se acabó —dijo León—. Vendrá la media y entonces los corremos al río a patadas.

De pronto, un chico gritó convulsionado:

—¡Tienen razón! ¡Ellos tienen razón! —y, dirigiéndose a nosotros, con aire dramático—: Estoy con ustedes.

—¡Buena! ¡Muy bien! —lo aplaudimos—. Eres un hombre.

Palmeamos su espalda, lo abrazamos.

El ejemplo cundió. Alguien dio un grito: «Yo también. Ustedes tienen razón». Comenzaron a discutir entre ellos. Nosotros alentábamos a los más excitados, halagándolos: «Bien, churre. No eres ningún marica».

Raygada se encaramó sobre la fuente. Tenía la boina en la mano derecha y la agitaba, suavemente.

—Lleguemos a un acuerdo —exclamó—. ¿Todos unidos?

Lo rodearon. Seguían llegando grupos de alumnos, algunos de quinto de media; con ellos formamos una muralla, entre la fuente y la puerta del colegio, mientras Raygada hablaba.

—Esto se llama solidaridad —decía—. Solidaridad —se calló como si hubiera terminado, pero un segundo después abrió los brazos y clamó—: ¡No dejaremos que se cometa un abuso!

Lo aplaudieron.

—Vamos al río —dije—. Todos.

—Bueno. Ustedes también.

—Nosotros vamos después.

—Todos juntos o ninguno —repuso la misma voz. Nadie se movió.

Javier regresaba. Venía solo.

—Ésos están tranquilos —dijo—. Le han quitado el burro a una mujer. Juegan de lo lindo.

—La hora —pidió León—. Dígame alguien qué hora es.

Eran las dos.

—A las dos y media nos vamos —dije—. Basta que se quede uno para avisar a los retrasados.

Los que llegaban se sumergían en la masa de chiquillos. Se dejaban convencer rápidamente.

—Es peligroso —dijo Javier. Hablaba de una manera rara: ¿tendría miedo?—. Es peligroso. Ya sabemos qué va a pasar si al director se le antoja salir. Antes que hable, estaremos en las clases.

—Sí —dije—. Que comiencen a irse. Hay que animarlos.

Pero nadie quería moverse. Había tensión, se esperaba que, de un momento a otro, ocurriera algo. León estaba a mi lado.

—Los de media han cumplido —dijo—. Fíjate. Sólo han venido los encargados de las puertas.

Apenas un momento después, vimos que llegaban los de media, en grandes corrillos que se mezclaban con las olas de chiquillos. Hacían bromas. Javier se enfureció:

—¿Y ustedes? —dijo—. ¿Qué hacen aquí? ¿A qué han venido?

Se dirigía a los que estaban más cerca de nosotros; al frente de ellos iba Antenor, brigadier de segundo de media.

—¡Gua! —Antenor parecía muy sorprendido—. ¿Acaso vamos a entrar? Venimos a ayudarlos.

Javier saltó hacia él, lo agarró del cuello.

—¡Ayudarnos! ¿Y los uniformes? ¿Y los libros?

—Calla —dije—. Suéltalo. Nada de peleas. Diez minutos y nos vamos al río. Ha llegado casi todo el colegio.

La plaza estaba totalmente cubierta. Los estudiantes se mantenían tranquilos, sin discutir. Algunos fumaban. Por la avenida Sánchez Cerro pasaban muchos carros, que disminuían la velocidad al cruzar la plaza Merino. De un camión, un hombre nos saludó gritando:

—Buena, muchachos. No se dejen.

—¿Ves? —dijo Javier—. Toda la ciudad está enterada. ¿Te imaginas la cara de Ferrufino?

—¡Las dos y media! —gritó León—. Vámonos. Rápido, rápido.

Miré mi reloj: faltaban cinco minutos.

—Vámonos —grité—. Vámonos al río.

Algunos hicieron como que se movían. Javier, León, Raygada y varios más gritaron también, comenzaron a empujar a unos y a otros. Una palabra se repetía sin cesar: «Río, río, río».

Lentamente, la multitud de muchachos principió a agitarse. Dejamos de azuzarlos y, al callar nosotros, me sorprendió, por segunda vez en el día, un silencio total. Me ponía nervioso. Lo rompí:

—Los de media, atrás —indiqué—. A la cola, formando fila...

A mi lado, alguien tiró al suelo un barquillo de helado, que salpicó mis zapatos. Enlazando los brazos, formamos un cinturón humano. Avanzábamos trabajosamente. Nadie se negaba, pero la marcha era lentísima. Una cabeza iba casi hundida en mi pecho. Se volvió: ¿cómo se llamaba? Sus ojos pequeños eran cordiales.

—Tu padre te va a matar —dijo.

«Ah», pensé. «Mi vecino.»

—No —le dije—. En fin, ya veremos. Empuja.

Habíamos abandonado la plaza. La gruesa columna ocupaba íntegramente el ancho de la avenida. Por encima de las cabezas sin boinas, dos cuadras más allá, se veía la baranda verde amarillenta y los grandes algarrobos del Malecón. Entre ellos, como puntitos blancos, los arenales.

El primero en escuchar fue Javier, que marchaba a mi lado. En sus estrechos ojos oscuros había sobresalto.

—¿Qué pasa? —dije—. Dime.

Movió la cabeza.

—¿Qué pasa? —le grité—. ¿Qué oyes?

Logré ver en ese instante un muchacho uniformado que cruzaba velozmente la plaza Merino hacia nosotros. Los gritos del recién llegado se confundieron en mis oídos con el violento vocerío que se desató en las apretadas columnas de chiquillos, parejo a un movimiento de confusión. Los que marchábamos en la última hilera no entendíamos bien. Tuvimos un segundo de desconcierto: aflojamos los brazos, algunos se soltaron. Nos sentimos arrojados hacia atrás, separados. Sobre nosotros pasaban

centenares de cuerpos, corriendo y gritando histérica-
mente. «¿Qué pasa?», grité a León. Señaló algo con el dedo, sin dejar de correr. «Es Lu», dijeron a mi oído. «Algo
ha pasado allá. Dicen que hay un lío.» Eché a correr.

En la bocacalle que se abría a pocos metros de la
puerta trasera del colegio, me detuve en seco. En ese
momento era imposible ver: oleadas de uniformes afluían
de todos lados y cubrían la calle de gritos y cabezas des-
cubiertas. De pronto, a unos quince pasos, encaramado
sobre algo, divisé a Lu. Su cuerpo delgado se destacaba
nítidamente en la sombra de la pared que lo sostenía. Estaba arrinconado y descargaba su garrote a todos lados.
Entonces, entre el ruido, más poderosa que la de quienes
lo insultaban y retrocedían para librarse de sus golpes,
escuché su voz:

—¿Quién se acerca? —gritaba—. ¿Quién se acerca?

Cuatro metros más allá, dos coyotes, rodeados también, se defendían a palazos y hacían esfuerzos desesperados para romper el cerco y juntarse a Lu. Entre quienes los acosaban, vi rostros de media. Algunos habían
conseguido piedras y se las arrojaban, aunque sin acercarse. A lo lejos vi asimismo a otros dos de la banda, que
corrían despavoridos: los perseguía un grupo de muchachos con palos.

—¡Cálmense! ¡Cálmense! Vamos al río.

Una voz nacía a mi lado, angustiosamente.

Era Raygada. Parecía a punto de llorar.

—No seas idiota —dijo Javier. Se reía a carcajadas—. Cállate, ¿no ves?

La puerta estaba abierta y por ella entraban los estudiantes a docenas, ávidamente. Continuaban llegando

a la bocacalle nuevos compañeros, algunos se sumaban al grupo que rodeaba a Lu y los suyos. Habían conseguido juntarse. Lu tenía la camisa abierta, asomaba su flaco pecho lampiño, sudoroso y brillante; un hilillo de sangre le corría por la nariz y los labios. Escupía de cuando en cuando, y miraba con odio a los que estaban más próximos. Únicamente él tenía levantado el palo, dispuesto a descargarlo. Los otros lo habían bajado, exhaustos.

—¿Quién se acerca? Quiero ver la cara de ese valiente.

A medida que entraban al colegio, iban poniéndose de cualquier modo las boinas y las insignias del año. Poco a poco, comenzó a disolverse, entre injurias, el grupo que cercaba a Lu. Raygada me dio un codazo:

—Dijo que con su banda podía derrotar a todo el colegio —hablaba con tristeza—. ¿Por qué dejamos solo a este animal?

Raygada se alejó. Desde la puerta nos hizo una seña, como dudando. Luego entró. Javier y yo nos acercamos a Lu. Temblaba de cólera.

—¿Por qué no vinieron? —dijo, frenético, levantando la voz—. ¿Por qué no vinieron a ayudarnos? Éramos apenas ocho, porque los otros...

Tenía una vista extraordinaria y era flexible como un gato. Se echó velozmente hacia atrás, mientras mi puño apenas rozaba su oreja y luego, con el apoyo de todo su cuerpo, hizo dar una curva en el aire a su garrote. Recibí en el pecho el impacto y me tambaleé. Javier se puso en medio.

—Acá no —dijo—. Vamos al Malecón.

—Vamos —dijo Lu—. Te voy a enseñar otra vez.

—Ya veremos —dije—. Vamos.

Caminamos media cuadra, despacio, porque mis piernas vacilaban. En la esquina nos detuvo León.

—No peleen —dijo—. No vale la pena. Vamos al colegio. Tenemos que estar unidos.

Lu me miraba con sus ojos semicerrados. Parecía incómodo.

—¿Por qué les pegaste a los churres? —le dije—. ¿Sabes lo que nos va a pasar ahora a ti y a mí?

No respondió ni hizo ningún gesto. Se había calmado del todo y tenía la cabeza baja.

—Contesta, Lu —insistí—. ¿Sabes?

—Está bien —dijo León—. Trataremos de ayudarlos. Dense la mano.

Lu levantó el rostro y me miró, apenado. Al sentir su mano entre las mías, la noté suave y delicada, y recordé que era la primera vez que nos saludábamos de ese modo. Dimos media vuelta, caminamos en fila hacia el colegio. Sentí un brazo en el hombro. Era Javier.

El desafío

Estábamos bebiendo cerveza, como todos los sábados, cuando en la puerta del Río Bar apareció Leonidas; de inmediato notamos en su cara que ocurría algo.

—¿Qué pasa? —preguntó León.

Leonidas arrastró una silla y se sentó junto a nosotros.

—Me muero de sed.

Le serví un vaso hasta el borde y la espuma rebalsó sobre la mesa. Leonidas sopló lentamente y se quedó mirando, pensativo, cómo estallaban las burbujas. Luego bebió de un trago hasta la última gota.

—Justo va a pelear esta noche —dijo, con una voz rara.

Quedamos callados un momento. León bebió, Briceño encendió un cigarrillo.

—Me encargó que les avisara —agregó Leonidas—. Quiere que vayan.

Finalmente, Briceño preguntó:

—¿Cómo fue?

—Se encontraron esta tarde en Catacaos —Leonidas limpió su frente con la mano y fustigó el aire: unas gotas de sudor resbalaron de sus dedos al suelo—. Ya se imaginan lo demás…

—Bueno —dijo León—. Si tenían que pelear, mejor que sea así, con todas las de la ley. No hay que aterrarse tampoco. Justo sabe lo que hace.

—Sí —repitió Leonidas, con un aire ido—. Tal vez es mejor que sea así.

Las botellas habían quedado vacías. Corría brisa y, unos momentos antes, habíamos dejado de escuchar a la banda del Cuartel Grau que tocaba en la plaza. El puente estaba cubierto por la gente que regresaba de la retreta y las parejas que habían buscado la penumbra del Malecón comenzaban, también, a abandonar sus escondites. Por la puerta del Río Bar pasaba mucha gente. Algunos entraban. Pronto, la terraza estuvo llena de hombres y mujeres que hablaban en voz alta y reían.

—Son casi las nueve —dijo León—. Mejor nos vamos.

Salimos.

—Bueno, muchachos —dijo Leonidas—. Gracias por la cerveza.

—¿Va a ser en La Balsa, no? —preguntó Briceño.

—Sí. A las once. Justo los esperará a las diez y media, aquí mismo.

El viejo hizo un gesto de despedida y se alejó por la avenida Castilla. Vivía en las afueras, al comienzo del arenal, en un rancho solitario que parecía custodiar la ciudad. Caminamos hacia la plaza. Estaba casi desierta. Junto al hotel de turistas, unos jóvenes discutían a gritos. Al pasar a su lado, descubrimos en medio de ellos a una muchacha que escuchaba sonriendo. Era bonita y parecía divertirse.

—El Cojo lo va a matar —dijo Briceño, de pronto.

—Cállate —dijo León.

Nos separamos en la esquina de la iglesia. Caminé rápidamente hasta mi casa. No había nadie. Me puse un overol y dos chompas y oculté la navaja en el bolsillo trasero del pantalón, envuelta en el pañuelo. Cuando salía, encontré a mi mujer que llegaba.

—¿Otra vez a la calle? —dijo ella.

—Sí. Tengo que arreglar un asunto.

El chico estaba dormido, en sus brazos, y tuve la impresión que se había muerto.

—Tienes que levantarte temprano —insistió ella—. ¿Te has olvidado que trabajas los domingos?

—No te preocupes —dije—. Regreso en unos minutos.

Caminé de vuelta hacia el Río Bar y me senté al mostrador. Pedí una cerveza y un sándwich, que no terminé; había perdido el apetito. Alguien me tocó el hombro. Era Moisés, el dueño del local.

—¿Es cierto lo de la pelea?

—Sí. Va a ser en La Balsa. Mejor te callas.

—No necesito que me lo adviertas —dijo—. Lo supe hace un rato. Lo siento por Justo pero, en realidad, se lo ha estado buscando hace tiempo. Y el Cojo no tiene mucha paciencia, ya sabemos.

—El Cojo es un asco de hombre.

—Era tu amigo antes… —comenzó a decir Moisés, pero se contuvo.

Alguien lo llamó desde la terraza y se alejó. A los pocos minutos estaba de nuevo a mi lado.

—¿Quieres que yo vaya? —me preguntó.

—No. Con nosotros basta, gracias.

—Bueno. Avísame si puedo ayudar en algo. Justo es también mi amigo —tomó un trago de mi cerveza, sin pedirme permiso—. Anoche estuvo aquí el Cojo con su grupo. No hacía sino hablar de Justo y juraba que lo iba a hacer añicos. Estuve rezando porque no se les ocurriera a ustedes darse una vuelta por acá.

—Hubiera querido verlo al Cojo —dije—. Cuando está furioso su cara es muy chistosa.

Moisés se rió.

—Anoche parecía el diablo. Y es tan feo, este tipo. Uno no puede mirarlo mucho sin sentir náuseas.

Acabé la cerveza y salí a caminar por el Malecón, pero regresé pronto. Desde la puerta del Río Bar vi a Justo, solo, sentado en la terraza. Tenía unas zapatillas de jebe y una chompa descolorida que le subía por el cuello hasta las orejas. Visto de perfil, contra la oscuridad de afuera, parecía un niño, una mujer: de ese lado, sus facciones eran delicadas, dulces. Al escuchar mis pasos se volvió, descubriendo a mis ojos la mancha morada que hería la otra mitad de su rostro, desde la comisura de los labios hasta la frente. (Algunos decían que había sido un golpe, recibido de chico, en una pelea, pero Leonidas aseguraba que había nacido el día de la inundación y que esa mancha era el susto de la madre al ver avanzar el agua hasta la misma puerta de su casa.)

—Acabo de llegar —dijo—. ¿Qué es de los otros?

—Ya vienen. Deben estar en camino.

Justo me miró de frente. Pareció que iba a sonreír, pero se puso muy serio y volvió la cabeza.

—¿Cómo fue lo de esta tarde?

Encogió los hombros e hizo un ademán vago.

—Nos encontramos en el Carro Hundido. Yo que entraba a tomar un trago y me topo cara a cara con el Cojo y su gente. ¿Te das cuenta? Si no pasa el cura, ahí mismo me degüellan. Se me echaron encima como perros. Como perros rabiosos. Nos separó el cura.

—¿Eres muy hombre? —gritó el Cojo.

—Más que tú —gritó Justo.

—Quietos, bestias —decía el cura.

—¿En La Balsa esta noche, entonces? —gritó el Cojo.

—Bueno —dijo Justo—. Eso fue todo.

La gente que estaba en el Río Bar había disminuido. Quedaban algunas personas en el mostrador pero en la terraza sólo estábamos nosotros.

—He traído esto —dije, alcanzándole el pañuelo.

Justo abrió la navaja y la midió. La hoja tenía exactamente la dimensión de su mano, de la muñeca a las uñas. Luego sacó otra navaja de su bolsillo y comparó.

—Son iguales —dijo—. Me quedaré con la mía, nomás.

Pidió una cerveza y la bebimos sin hablar, fumando.

—No tengo hora —dijo Justo—. Pero deben ser más de las diez. Vamos a alcanzarlos.

A la altura del puente nos encontramos con Briceño y León. Saludaron a Justo, le estrecharon la mano.

—Hermanito —dijo León—. Usted lo va a hacer trizas.

—De eso ni hablar —dijo Briceño—. El Cojo no tiene nada que hacer contigo.

Los dos tenían la misma ropa que antes, y parecían haberse puesto de acuerdo para mostrar delante de Justo seguridad e, incluso, cierta alegría.

—Bajemos por aquí —dijo León—. Es más corto.

—No —dijo Justo—. Demos la vuelta. No tengo ganas de quebrarme una pierna, ahora.

Era extraño ese temor, porque siempre habíamos bajado al cauce del río descolgándonos por el tejido de fierros que sostienen el puente. Avanzamos una cuadra por la avenida, luego doblamos a la derecha y caminamos un buen rato en silencio. Al descender por el minúsculo camino hacia el lecho del río, Briceño tropezó y lanzó una maldición. La arena estaba tibia y nuestros pies se hundían, como si estuviéramos sobre un mar de algodones. León miró detenidamente el cielo.

—Hay muchas nubes —dijo—; la luna no va a servir de mucho esta noche.

—Haremos fogatas —dijo Justo.

—¿Estás loco? —dije—. ¿Quieres que venga la policía?

—Se puede arreglar —dijo Briceño, sin convicción—. Se podría postergar el asunto hasta mañana. No van a pelear a oscuras.

Nadie le contestó y Briceño no volvió a insistir.

—Ahí está La Balsa —dijo León.

En un tiempo, nadie sabía cuándo, había caído sobre el lecho del río un tronco de algarrobo tan enorme que cubría las tres cuartas partes del ancho del cauce. Era muy pesado y, cuando bajaba, el agua no conseguía levantarlo sino arrastrarlo solamente unos metros, de modo que cada año La Balsa se alejaba más de la ciudad.

Nadie sabía tampoco quién le puso el nombre de La Balsa, pero así lo designaban todos.

—Ellos ya están ahí —dijo León.

Nos detuvimos a unos cinco metros de La Balsa. En el débil resplandor nocturno no distinguíamos las caras de quienes nos esperaban, sólo sus siluetas. Eran cinco. Las conté, tratando inútilmente de descubrir al Cojo.

—Anda tú —dijo Justo.

Avancé despacio hacia el tronco, procurando que mi rostro conservara una expresión serena.

—¡Quieto! —gritó alguien—. ¿Quién es?

—Julián —grité—. Julián Huertas. ¿Están ciegos?

A mi encuentro salió un pequeño bulto. Era el Chalupas.

—Ya nos íbamos —dijo—. Pensábamos que Justito había ido a la comisaría a pedir que lo cuidaran.

—Quiero entenderme con un hombre —grité, sin responderle—. No con este muñeco.

—¿Eres muy valiente? —preguntó el Chalupas, con voz descompuesta.

—¡Silencio! —dijo el Cojo. Se habían aproximado todos ellos y el Cojo se adelantó hacia mí. Era alto, mucho más que todos los presentes. En la penumbra yo no podía ver, sólo imaginar, su rostro acorazado por los granos, los agujeros diminutos de sus ojos, hundidos y breves como dos puntos dentro de esa masa de carne, interrumpida por los bultos oblongos de sus pómulos, y sus labios gruesos como dedos, colgando de su barbilla triangular de iguana. El Cojo rengueaba del pie izquierdo; decían que en esa pierna tenía una cicatriz en forma de cruz, recuerdo de un chancho que lo mordió cuando dormía, pero nadie se la había visto.

—¿Por qué han traído a Leonidas? —dijo el Cojo, con voz ronca.

—¿A Leonidas? ¿Quién ha traído a Leonidas?

El Cojo señaló con su dedo a un costado. El viejo había estado unos metros más allá, sobre la arena, y al oír que lo nombraban se acercó.

—¡Qué pasa conmigo! —dijo. Miraba al Cojo fijamente—. No necesito que me traigan. He venido solo, con mis pies, porque me dio la gana. Si estás buscando pretextos para no pelear, dilo.

El Cojo vaciló antes de responder. Pensé que iba a insultarlo y, rápido, llevé mi mano al bolsillo trasero.

—No se meta, viejo —dijo el Cojo amablemente—. No voy a pelearme con usted.

—No creas que estoy tan viejo —dijo Leonidas—. He revolcado a muchos que eran mejores que tú.

—Está bien, viejo —dijo el Cojo—. Le creo —se dirigió a mí—: ¿Están listos?

—Sí. Di a tus amigos que no se metan. Si lo hacen, peor para ellos.

El Cojo se rió.

—Tú bien sabes, Julián, que no necesito refuerzos. Sobre todo hoy. No te preocupes.

Uno de los que estaban detrás del Cojo se rió también. El Cojo me extendió algo. Estiré la mano: la hoja de su navaja estaba al aire y yo la había tomado del filo; sentí un pequeño rasguño en la palma y un estremecimiento, el metal parecía un trozo de hielo.

—¿Tiene fósforos, viejo?

Leonidas prendió un fósforo y lo sostuvo entre sus dedos hasta que la candela le lamió las uñas. A la frágil luz de la llama examiné minuciosamente la navaja, la medí a lo ancho y a lo largo, comprobé su filo y su peso.

—Está bien —dije.

—Chunga —dijo el Cojo—. Anda con él.

Chunga caminó entre Leonidas y yo. Cuando llegamos donde los otros, Briceño estaba fumando y a cada chupada que daba resplandecían instantáneamente los rostros de Justo, impasible, con los labios apretados, de León, que masticaba algo, tal vez una brizna de hierba, y del propio Briceño, que sudaba.

—¿Quién le dijo a usted que viniera? —preguntó Justo, severamente.

—Nadie me dijo —afirmó Leonidas, en voz alta—. Vine porque quise. ¿Va usted a tomarme cuentas?

Justo no contestó. Le hice una señal y le mostré a Chunga, quien había quedado un poco retrasado. Justo sacó su navaja y la arrojó. El arma cayó en algún lugar del cuerpo de Chunga y éste se encogió.

—Perdón —dije, palpando la arena en busca de la navaja—. Se me escapó. Aquí está.

—Las gracias se te van a quitar pronto —dijo Chunga.

Luego, como había hecho yo, al resplandor de un fósforo pasó sus dedos sobre la hoja, nos la devolvió sin decir nada, y regresó caminando a trancos largos hacia La Balsa. Estuvimos unos minutos en silencio, aspirando el perfume de los algodonales cercanos que una brisa cálida arrastraba en dirección al puente. Detrás de nosotros, a los dos costados del cauce, se veían las luces vacilantes de la ciudad. El silencio era casi absoluto; a veces, lo quebraban bruscamente ladridos o rebuznos.

—¡Listos! —exclamó una voz, del otro lado.

—¡Listos! —grité yo.

En el bloque de hombres que estaba junto a La Balsa hubo movimientos y murmullos; luego, una sombra rengueante se deslizó hasta el centro del terreno que limitábamos los dos grupos. Allí vi al Cojo tantear el suelo con los pies; comprobaba si había piedras, huecos. Busqué a Justo con la vista: León y Briceño le habían pasado los brazos sobre sus hombros. Justo se desprendió de ellos rápidamente. Cuando estuvo a mi lado, sonrió. Le extendí la mano. Comenzó a alejarse, pero Leonidas dio un salto y lo tomó de los hombros. El viejo se sacó una manta que llevaba sobre la espalda. Estaba a mi lado.

—No te le acerques ni un momento —el viejo hablaba despacio, con voz levemente temblorosa—. Siempre de lejos. Báilalo hasta que se agote. Sobre todo, cuidado con el estómago y la cara. Ten el brazo siempre estirado. Agáchate, pisa firme. Si te resbalas, patea en el aire hasta que se aleje... Ya, vaya, pórtese como un hombre.

Justo escuchó a Leonidas con la cabeza baja. Creí que iba a abrazarlo, pero se limitó a hacer un gesto brusco. Arrancó la manta de las manos del viejo y se la envolvió en el brazo. Después se alejó; caminaba sobre la arena a pasos firmes, con la cabeza levantada. En su mano derecha, mientras se distanciaba de nosotros, el breve trozo de metal despedía reflejos. Justo se detuvo a dos metros del Cojo.

Quedaron unos instantes inmóviles, en silencio, diciéndose seguramente con los ojos cuánto se odiaban, observándose, los músculos tensos bajo la ropa, la mano derecha aplastada con ira en las navajas. De lejos, semiocultos por la oscuridad tibia de la noche, no parecían dos hombres que se aprestaban a pelear, sino estatuas borrosas, vaciadas en un material negro, o las sombras de dos jóvenes y macizos algarrobos de la orilla, proyectadas en el aire, no en la arena. Casi simultáneamente, como respondiendo a una urgente voz de mando, comenzaron a moverse. Quizás el primero fue Justo: un segundo antes, inició sobre el sitio un balanceo lentísimo, que ascendía desde las rodillas hasta los hombros, y el Cojo lo imitó, meciéndose también, sin apartar los pies. Sus posturas eran idénticas: el brazo derecho adelante, levemente doblado con el codo hacia afuera, la mano apuntando directamente al centro del adversario, y el brazo izquierdo, envuelto por la manta, desproporcionado, gigante, cruzado como un escudo a la altura del rostro. Al principio sólo sus cuerpos se movían, sus cabezas, sus pies y sus manos permanecían fijos. Imperceptiblemente, los dos habían ido inclinándose, extendiendo la espalda, las piernas en flexión, como para lanzarse al agua. El Cojo fue el primero en atacar: dio de pronto un salto hacia adelante, su brazo describió un círculo veloz. El trazo en el vacío del arma, que rozó a Justo, sin herirlo, estaba aún inconcluso cuando éste, que era rápido, comenzaba a girar. Sin abrir la guardia, tejía un cerco en torno del otro, deslizándose suavemente sobre la arena, a un ritmo cada vez más intenso. El Cojo giraba sobre el sitio. Se había encogido más, y en tanto daba vueltas sobre sí mismo, siguiendo la dirección de su adversario, lo perseguía con la mirada todo el tiempo, como hipnotizado.

De improviso, Justo se plantó: lo vimos caer sobre el otro con todo su cuerpo y regresar a su sitio en un segundo, como un muñeco de resortes.

—Ya está —murmuró Briceño—. Lo rasgó.

—En el hombro —dijo Leonidas—. Pero apenas.

Sin haber dado un grito, firme en su posición, el Cojo continuaba su danza, mientras que Justo ya no se limitaba a avanzar en redondo; a la vez, se acercaba y se alejaba del Cojo agitando la manta, abría y cerraba la guardia, ofrecía su cuerpo y lo negaba, esquivo, ágil, tentando y rehuyendo a su contenedor como una mujer en celo. Quería marearlo, pero el Cojo tenía experiencia y recursos. Rompió el círculo retrocediendo, siempre inclinado, obligando a Justo a detenerse y a seguirlo. Éste lo perseguía a pasos muy cortos, la cabeza avanzada, el rostro resguardado por la manta que colgaba de su brazo; el Cojo huía arrastrando los pies, agachado hasta casi tocar la arena sus rodillas. Justo estiró dos veces el brazo y las dos halló sólo el vacío. «No te acerques tanto», dijo Leonidas, junto a mí, en voz tan baja que sólo yo podía oírlo, en el momento que el bulto, la sombra deforme y ancha que se había empequeñecido, replegándose sobre sí misma como una oruga, recobraba brutalmente su estatura normal y, al crecer y arrojarse, nos quitaba de la vista a Justo. Uno, dos, tal vez tres segundos estuvimos sin aliento, viendo la figura desmesurada de los combatientes abrazados y escuchamos un ruido breve, el primero que oíamos durante el combate, parecido a un eructo. Un instante después surgió a un costado de la sombra gigantesca, otra, más delgada y esbelta, que de dos saltos volvió a levantar una muralla invisible entre los luchadores.

Esta vez comenzó a girar el Cojo: movía su pie derecho y arrastraba el izquierdo. Yo me esforzaba en vano para que mis ojos atravesaran la penumbra y leyeran sobre la piel de Justo lo que había ocurrido en esos tres segundos, cuando los adversarios, tan juntos como dos amantes, formaban un solo cuerpo. «¡Sal de ahí!», dijo Leonidas muy despacio. «¿Por qué peleas tan cerca?» Misteriosamente, como si la ligera brisa que corría le hubiese llevado ese mensaje secreto, Justo comenzó también a brincar igual que el Cojo. Agazapados, atentos, feroces, pasaban de la defensa al ataque y luego a la defensa con velocidad de relámpagos, pero los amagos no sorprendían a ninguno: al movimiento rápido del brazo enemigo, estirado como para lanzar una piedra, que buscaba no herir, sino desconcertar al adversario, confundirlo un instante, quebrarle la guardia, respondía el otro, automáticamente, levantando el brazo izquierdo, sin moverse. Yo no podía ver las caras, pero cerraba los ojos y las veía, mejor que si estuviera en medio de ellos: el Cojo, transpirando, la boca cerrada, sus ojillos de cerdo incendiados, llameantes tras los párpados, su piel palpitante, las aletas de su nariz chata y del ancho de su boca, agitadas por un temblor inverosímil, y Justo, con su máscara habitual de desprecio, acentuada por la cólera, y sus labios húmedos de exasperación y fatiga. Abrí los ojos a tiempo para ver a Justo abalanzarse alocada, ciegamente sobre el otro, dándole todas las ventajas, ofreciéndole su rostro, descubriendo absurdamente su cuerpo. La ira y la impaciencia lo elevaron, lo mantuvieron extrañamente en el aire, recortado contra el cielo, lo estrellaron sobre su presa con violencia. La salvaje explosión debió sorprender al Cojo que, por un tiempo brevísimo, quedó indeciso y, cuando se inclinó, alargando su brazo como una flecha, ocultando a nuestra vista la brillante hoja que perseguíamos alucinados, supimos que el gesto de locura de Justo no había sido inútil del todo. Con el choque, la noche que nos envolvía se pobló de rugidos desgarradores y profundos que brotaban como chispas de los combatientes. No supimos entonces, no sabremos ya cuánto tiempo estuvieron abrazados en ese poliedro convulsivo, pero, aunque sin distinguir quién era quién, sin saber de qué brazo partían esos golpes, qué garganta profería esos rugidos que se sucedían como ecos, vimos muchas veces, en el aire, temblando hacia el cielo, o en medio de la sombra, abajo, a los costados, las hojas desnudas de las navajas, veloces, iluminadas, ocultarse y aparecer, hundirse o vibrar en la noche, como en un espectáculo de magia.

Debimos estar anhelantes y ávidos, sin respirar, los ojos dilatados, murmurando tal vez palabras incomprensibles, hasta que la pirámide humana se dividió, cortada en el centro de golpe por una cuchillada invisible: los dos salieron despedidos, como imantados por la espalda, en el mismo momento, con la misma violencia. Quedaron a un metro de distancia, acezantes. «Hay que pararlos», dijo la voz de León. «Ya basta.» Pero antes que intentáramos movernos, el Cojo había abandonado su emplazamiento como un bólido. Justo no esquivó la embestida y ambos rodaron por el suelo. Se retorcían sobre la arena, revolviéndose uno sobre otro, hendiendo el aire a tajos y resuellos sordos. Esta vez la lucha fue muy breve. Pronto estuvieron quietos, tendidos en el lecho del río, como durmiendo. Me aprestaba a correr hacia ellos cuando, quizás adivinando mi intención, alguien se incorporó de golpe y se mantuvo de pie junto al caído, cimbreándose peor que un borracho. Era el Cojo.

En el forcejeo, habían perdido las mantas, que reposaban un poco más allá, semejando una piedra de muchos vértices. «Vamos», dijo León. Pero esta vez también ocurrió algo que nos mantuvo inmóviles. Justo se incorporaba, difícilmente, apoyando todo su cuerpo sobre el brazo derecho y cubriendo la cabeza con la mano libre, como si quisiera apartar de sus ojos una visión horrible. Cuando estuvo de pie, el Cojo retrocedió unos pasos. Justo se tambaleaba. No había apartado su brazo de la cara. Escuchamos, entonces, una voz que todos conocíamos, pero que no hubiéramos reconocido esa vez si nos hubiera tomado de sorpresa en las tinieblas:

—¡Julián! —gritó el Cojo—. ¡Dile que se rinda!

Me volví a mirar a Leonidas, pero encontré atravesado el rostro de León: observaba la escena con expresión atroz. Volví a mirarlos: estaban nuevamente unidos. Azuzado por las palabras del Cojo, Justo, sin duda, apartó su brazo del rostro en el segundo que yo descuidaba la pelea, y debió arrojarse sobre su enemigo extrayendo las últimas fuerzas de su dolor, de su amargura de vencido. El Cojo se libró fácilmente de esa acometida sentimental e inútil, saltando hacia atrás:

—¡Don Leonidas! —gritó de nuevo, con acento furioso e implorante—. ¡Dígale que se rinda!

—¡Calla y pelea! —bramó Leonidas, sin vacilar.

Justo había intentado nuevamente un asalto, pero nosotros, sobre todo Leonidas, que era viejo y había visto muchas peleas en su vida, sabíamos que no había nada que hacer ya, que su brazo no tenía vigor ni siquiera para rasguñar la piel aceitunada del Cojo. Con una angustia que nacía en lo más hondo, subía hasta la boca, resecándola, y hasta los ojos, nublándolos, los vimos forcejear en cámara lenta todavía un momento, hasta que la sombra se fragmentó una vez más: alguien se desplomaba en la tierra con un ruido seco.

Cuando llegamos donde yacía Justo, el Cojo se había retirado hacia los suyos y, todos juntos, comenzaban a alejarse sin hablar. Junté mi cara a su pecho, notando apenas que una sustancia caliente humedecía mi cuello y mi hombro, mientras mi mano exploraba su vientre y su espalda entre desgarraduras de tela y se hundía a ratos en un cuerpo fláccido, mojado y frío, de malagua varada. Briceño y León se quitaron sus sacos, lo envolvieron con cuidado y lo levantaron de los pies y de los brazos. Yo busqué la manta de Leonidas, que estaba unos pasos más allá, y con ella le cubrí la cara, a tientas, sin mirar. Luego, entre los tres lo cargamos al hombro, en dos hileras, como a un ataúd, y caminamos, igualando los pasos, en dirección al sendero que escalaba la orilla del río y que nos llevaría a la ciudad.

—No llore, viejo —dijo León—. No he conocido a nadie tan valiente como su hijo. Se lo digo de veras.

Leonidas no contestó. Iba detrás de mí, de modo que yo no podía verlo.

A la altura de los primeros ranchos de Castilla, pregunté:

—¿Lo llevamos a su casa, don Leonidas?

—Sí —dijo el viejo, precipitadamente, como si no hubiera escuchado lo que le decía.

El hermano menor

Al lado del camino había una enorme piedra y, en ella, un sapo; David le apuntaba cuidadosamente.

—No dispares —dijo Juan.

David bajó el arma y miró a su hermano, sorprendido.

—Puede oír los tiros —dijo Juan.

—¿Estás loco? Faltan cincuenta kilómetros para la cascada.

—A lo mejor no está en la cascada —insistió Juan—, sino en las grutas.

—No —dijo David—. Además, aunque estuviera, no pensará nunca que somos nosotros.

El sapo continuaba allí, respirando calmadamente con su inmensa bocaza abierta, y detrás de sus lagañas, observaba a David con cierto aire malsano. David volvió a levantar el revólver, apuntó con lentitud y disparó.

—No le diste —dijo Juan.

—Sí le di.

Se acercaron a la piedra. Una manchita verde delataba el lugar donde había estado el sapo.

—¿No le di?

—Sí —dijo Juan—, sí le diste.

Caminaron hacia los caballos. Soplaba el mismo viento frío y punzante que los había escoltado durante el trayecto, pero el paisaje comenzaba a cambiar, el sol se hundía tras los cerros, al pie de una montaña una imprecisa sombra disimulaba los sembríos, las nubes enroscadas en las cumbres más próximas habían adquirido el color gris oscuro de las rocas. David echó sobre sus hombros la manta que había extendido en la tierra para descansar y luego, maquinalmente, reemplazó en su revólver la bala disparada. A hurtadillas, Juan observó las manos de David cuando cargaban el arma y la arrojaban a su funda; sus dedos no parecían obedecer a una voluntad, sino actuar solos.

—¿Seguimos? —dijo David.

Juan asintió.

El camino era una angosta cuesta y los animales trepaban con dificultad, resbalando constantemente en las piedras, húmedas aún por las lluvias de los últimos días. Los hermanos iban silenciosos. Una delicada e invisible garúa les salió al encuentro a poco de partir, pero cesó pronto. Oscurecía cuando avistaron las grutas, el cerro chato y estirado como una lombriz que todos conocen con el nombre de Cerro de los Ojos.

—¿Quieres que veamos si está ahí? —preguntó Juan.

—No vale la pena. Estoy seguro que no se ha movido de la cascada. Él sabe que por aquí podrían verlo, siempre pasa alguien por el camino.

—Como quieras —dijo Juan.

Y un momento después preguntó:

—¿Y si hubiera mentido el tipo ese?

—¿Quién?

—El que nos dijo que lo vio.

—¿Leandro? No, no se atrevería a mentirme a mí. Dijo que está escondido en la cascada y es seguro que ahí está. Ya verás.

Continuaron avanzando hasta entrada la noche. Una sábana negra los envolvió y, en la oscuridad, el desamparo de esa solitaria región sin árboles ni hombres era visible sólo en el silencio que se fue acentuando hasta convertirse en una presencia semicorpórea. Juan, inclinado sobre el pescuezo de su cabalgadura, procuraba distinguir la incierta huella del sendero. Supo que habían alcanzado la cumbre cuando, inesperadamente, se hallaron en terreno plano. David indicó que debían continuar a pie. Desmontaron, amarraron los animales a unas rocas. El hermano mayor tiró de las crines de su caballo, lo palmeó varias veces en el lomo y murmuró a su oído:

—Ojalá no te encuentre helado, mañana.

—¿Vamos a bajar ahora? —preguntó Juan.

—Sí —repuso David—. ¿No tienes frío? Es preferible esperar el día en el desfiladero. Allá descansaremos. ¿Te da miedo bajar a oscuras?

—No. Bajemos, si quieres.

Iniciaron el descenso de inmediato. David iba adelante, llevaba una pequeña linterna y la columna de luz oscilaba entre sus pies y los de Juan, el círculo dorado se detenía un instante en el sitio que debía pisar el hermano menor. A los pocos minutos, Juan transpiraba abundantemente y las rocas ásperas de la ladera habían llenado sus manos de rasguños. Sólo veía el disco iluminado frente a él, pero sentía la respiración de su hermano y adivinaba sus movimientos: debía avanzar sobre el resbaladizo declive muy seguro de sí mismo, sortear los obstáculos sin dificultad. Él, en cambio, antes de cada paso, tanteaba la solidez del terreno y buscaba un apoyo al que asirse; aun así, en varias ocasiones estuvo a punto de caer. Cuando llegaron a la sima, Juan pensó que el descenso tal vez había demorado varias horas. Estaba exhausto y, ahora, oía muy cerca el ruido de la cascada. Ésta era una grande y majestuosa cortina de agua que se precipitaba desde lo alto, retumbando como los truenos, sobre una laguna que alimentaba un riachuelo. Alrededor de la laguna había musgo y hierbas todo el año y ésa era la única vegetación en veinte kilómetros a la redonda.

—Aquí podemos descansar —dijo David.

Se sentaron uno junto al otro. La noche estaba fría, el aire húmedo, el cielo cubierto. Juan encendió un cigarrillo. Se hallaba fatigado, pero sin sueño. Sintió a su hermano estirarse y bostezar; poco después dejaba de moverse, su respiración era más suave y metódica, de cuando en cuando emitía una especie de murmullo. A su vez, Juan trató de dormir. Acomodó su cuerpo lo mejor que pudo sobre las piedras e intentó despejar su cerebro, sin conseguirlo. Encendió otro cigarrillo. Cuando había llegado a la hacienda, tres meses atrás, hacía dos años que no veía a sus hermanos. David era el mismo hombre que aborrecía y admiraba desde niño, pero Leonor había cambiado, ya no era aquella criatura que se asomaba a las ventanas de La Mugre para arrojar piedras a los indios castigados, sino una mujer alta, de gestos primitivos, y su belleza tenía, como la naturaleza que la rodeaba, algo de brutal. En sus ojos había aparecido un intenso fulgor. Juan sentía un mareo que empañaba sus ojos, un vacío en el estómago, cada vez que asociaba la imagen de aquel que buscaban al recuerdo de su hermana, y como arcadas de furor. En la madrugada de ese día, sin embargo, cuando vio a Camilo cruzar el descampado que separaba la casa-hacienda de las cuadras, para alistar los caballos, había vacilado.

—Salgamos sin hacer ruido —había dicho David—. No conviene que la pequeña se despierte.

Estuvo con una extraña sensación de ahogo, como en el punto más alto de la cordillera, mientras bajaba en puntas de pie las gradas de la casa-hacienda y en el abandonado camino que flanqueaba los sembríos; casi no sentía la maraña zumbona de mosquitos que se arrojaban atrozmente sobre él, y herían, en todos los lugares descubiertos, su piel de hombre de ciudad. Al iniciar el ascenso de la montaña, el ahogo desapareció. No era un buen jinete y el precipicio, desplegado como una tentación terrible al borde del sendero que parecía una delgada serpentina, lo absorbió. Estuvo todo el tiempo vigilante, atento a cada paso de su cabalgadura y concentrando su voluntad contra el vértigo que creía inminente.

—¡Mira!

Juan se estremeció.

—Me has asustado —dijo—. Creía que dormías.

—¡Cállate! Mira.

—¿Qué?

—Allá. Mira.

A ras de tierra, allí donde parecía nacer el estruendo de la cascada, había una lucecita titilante.

—Es una fogata —dijo David—. Juro que es él. Vamos.

—Esperemos que amanezca —susurró Juan: de golpe su garganta se había secado y le ardía—. Si se echa a correr, no lo vamos a alcanzar nunca en estas tinieblas.

—No puede oírnos con el ruido salvaje del agua —respondió David, con voz firme, tomando a su hermano del brazo—. Vamos.

Muy despacio, el cuerpo inclinado como para saltar, David comenzó a deslizarse pegado al cerro. Juan iba a su lado, tropezando, los ojos clavados en la luz que se empequeñecía y agrandaba como si alguien estuviese abanicando la llama. A medida que los hermanos se acercaban, el resplandor de la fogata les iban descubriendo el terreno inmediato, pedruscos, matorrales, el borde de la laguna, pero no una forma humana. Juan estaba seguro ahora, sin embargo, que aquel que perseguían estaba allí, hundido en esas sombras, en un lugar muy próximo a la luz.

—Es él —dijo David—. ¿Ves?

Un instante, las frágiles lenguas de fuego habían iluminado un perfil oscuro y huidizo que buscaba calor.

—¿Qué hacemos? —murmuró Juan, deteniéndose. Pero David no estaba ya a su lado, corría hacia el lugar donde había surgido ese rostro fugaz.

Juan cerró los ojos, imaginó al indio en cuclillas, sus manos alargadas hacia el fuego, sus pupilas irritadas por el chisporroteo de la hoguera: de pronto algo le caía encima y él atinaba a pensar en un animal, cuando sentía dos manos violentas cerrándose en su cuello y comprendía. Debió sentir un infinito terror ante esa agresión inesperada que provenía de la sombra, seguro que ni siquiera intentó defenderse, a lo más se encogería como un caracol para hacer menos vulnerable su cuerpo y abriría mucho los ojos, esforzándose por ver en las tinieblas al asaltante. Entonces reconocería su voz: «¿Qué has hecho, canalla?», «¿qué has hecho, perro?». Juan oía a David y se daba cuenta que lo estaba pateando, a veces sus puntapiés parecían estrellarse no contra el indio, sino en las piedras de la ribera; eso debía encolerizarlo más. Al principio, hasta Juan llegaba un gruñido lento, como si el indio hiciera gárgaras, pero después sólo oyó la voz enfurecida de David, sus amenazas, sus insultos. De pronto, Juan descubrió en su mano derecha el revólver, su dedo presionaba ligeramente el gatillo. Con estupor pensó que si disparaba podía matar también a su hermano, pero no guardó el arma y, al contrario, mientras avanzaba hacia la fogata, sintió una gran serenidad.

—¡Basta, David! —gritó—. Tírale un balazo. Ya no le pegues.

No hubo respuesta. Ahora Juan no los veía, el indio y su hermano, abrazados, habían rodado fuera del anillo iluminado por la hoguera. No los veía, pero escuchaba el ruido seco de los golpes y, a ratos, una injuria o un hondo resuello.

—David —gritó Juan—, sal de ahí. Voy a disparar.

Preso de intensa agitación, segundos después repitió:

—Suéltalo, David. Te juro que voy a disparar.

Tampoco hubo respuesta.

Después de disparar el primer tiro, Juan quedó un instante estupefacto, pero de inmediato continuó disparando, sin apuntar, hasta sentir la vibración metálica del percutor al golpear la cacerina vacía. Permaneció inmóvil, no sintió que el revólver se desprendía de sus manos y caía a sus pies. El ruido de la cascada había desaparecido, un temblor recorría todo su cuerpo, su piel estaba bañada de sudor, apenas respiraba. De pronto gritó:

—¡David!

—Aquí estoy, animal —contestó a su lado una voz asustada y colérica—. ¿Te das cuenta que has podido balearme a mí también? ¿Te has vuelto loco?

Juan giró sobre sus talones, las manos extendidas y abrazó a su hermano. Pegado a él, balbuceaba cosas incomprensibles, gemía y no parecía entender las palabras de David, que trataba de calmarlo. Juan estuvo un rato largo repitiendo incoherencias, sollozando. Cuando se calmó, recordó al indio:

—¿Y ése, David?

—¿Ése? —David había recobrado su aplomo; hablaba con voz firme—. ¿Cómo crees que está?

La hoguera continuaba encendida, pero alumbraba muy débilmente. Juan cogió el leño más grande y buscó al indio. Cuando lo encontró, estuvo observando un momento con ojos fascinados y luego el leño cayó a tierra y se apagó.

—¿Has visto, David?

—Sí, he visto. Vámonos de aquí.

Juan estaba rígido y sordo, como en un sueño sintió que David lo arrastraba hacia el cerro. La subida les tomó mucho tiempo. David sostenía con una mano la linterna y con la otra a Juan, que parecía de trapo: resbalaba aun en las piedras más firmes y se escurría hasta el suelo, sin reaccionar. En la cima se desplomaron, agotados. Juan hundió la cabeza en sus brazos y permaneció tendido, respirando a grandes bocanadas. Cuando se incorporó, vio a su hermano que lo examinaba a la luz de la linterna.

—Te has herido —dijo David—. Voy a vendarte.

Rasgó en dos su pañuelo y con cada uno de los retazos vendó las rodillas de Juan, que asomaban a través de los desgarrones del pantalón, bañadas en sangre.

—Esto es provisional —dijo David—. Regresemos de una vez. Puede infectarse. No estás acostumbrado a trepar cerros. Leonor te curará.

Los caballos tiritaban y sus hocicos estaban cubiertos de espuma azulada. David los limpió con su mano, los acarició en el lomo y en las ancas, chasqueó tiernamente la lengua junto a sus orejas. «Ya vamos a entrar en calor», les susurró.

Cuando montaron, amanecía. Una claridad débil abarcaba el contorno de los cerros y una laca blanca se extendía por el entrecortado horizonte, pero los abismos continuaban sumidos en la oscuridad. Antes de partir, David tomó un largo trago de su cantimplora y la alcanzó a Juan, que no quiso beber. Cabalgaron toda la mañana por un paisaje hostil, dejando a los animales imprimir a su capricho el ritmo de la marcha. Al mediodía, se detuvieron y prepararon café. David comió algo del queso y las habas que Camilo había colocado en las alforjas. Al anochecer avistaron dos maderos que formaban un aspa. Colgaba de ellos una tabla donde se leía: La Aurora. Los caballos relincharon: reconocían la señal que marcaba el límite de la hacienda.

—Vaya —dijo David—. Ya era hora. Estoy rendido. ¿Cómo van esas rodillas?

Juan no contestó.

—¿Te duelen? —insistió David.

—Mañana me largo a Lima —dijo Juan.

—¿Qué cosa?

—No volveré a la hacienda. Estoy harto de la sierra. Viviré siempre en la ciudad. No quiero saber nada con el campo.

Juan miraba al frente, eludía los ojos de David que lo buscaban.

—Ahora estás nervioso —dijo David—. Es natural. Ya hablaremos después.

—No —dijo Juan—. Hablaremos ahora.

—Bueno —dijo David, suavemente—. ¿Qué te pasa?

Juan se volvió hacia su hermano, tenía el rostro demacrado, la voz hosca.

—¿Qué me pasa? ¿Te das cuenta de lo que dices? ¿Te has olvidado del tipo de la cascada? Si me quedo en la hacienda voy a terminar creyendo que es normal hacer cosas así.

Iba a agregar «como tú», pero no se atrevió.

—Era un perro infecto —dijo David—. Tus escrúpulos son absurdos. ¿Acaso te has olvidado lo que le hizo a tu hermana?

El caballo de Juan se plantó en ese momento y comenzó a corcovear y alzarse sobre las patas traseras.

—Se va a desbocar, David —dijo Juan.

—Suéltale las riendas. Lo estás ahogando.

Juan aflojó las riendas y el animal se calmó.

—No me has respondido —dijo David—. ¿Te has olvidado por qué fuimos a buscarlo?

—No —contestó Juan—. No me he olvidado.

Dos horas después llegaban a la cabaña de Camilo, construida sobre un promontorio, entre la casa-hacienda y las cuadras. Antes que los hermanos se detuvieran, la puerta de la cabaña se abrió y en el umbral apareció Camilo. El sombrero de paja en la mano, la cabeza respetuosamente inclinada, avanzó hacia ellos y se paró entre los dos caballos, cuyas riendas sujetó.

—¿Todo bien? —dijo David.

Camilo movió la cabeza negativamente.

—La niña Leonor…

—¿Qué le ha pasado a Leonor? —lo interrumpió Juan, incorporándose en los estribos.

En su lenguaje pausado y confuso, Camilo explicó que la niña Leonor, desde la ventana de su cuarto, había visto partir a los hermanos en la madrugada y que, cuando ellos se hallaban apenas a unos mil metros de la casa, había aparecido en el descampado, con botas y pantalón de montar, ordenando a gritos que le prepararan su caballo. Camilo, siguiendo las instrucciones de David, se negó a obedecerla. Ella misma, entonces, entró decididamente a las cuadras y, como un hombre, alzó con sus brazos la montura, las mantas y los aperos sobre el Colorado, el más pequeño y nervioso animal de La Aurora, que era su preferido.

Cuando se disponía a montar, las sirvientas de la casa y el propio Camilo la habían sujetado; durante mucho rato soportaron los insultos y los golpes de la niña, que, exasperada, se debatía y suplicaba y exigía que la dejaran marchar tras sus hermanos.

—¡Ah, me las pagará! —dijo David—. Fue Jacinta, estoy seguro. Nos oyó hablar esa noche con Leandro, cuando servía la mesa. Ella ha sido.

La niña había quedado muy impresionada, continuó Camilo. Luego de injuriar y arañar a las criadas y a él mismo, comenzó a llorar a grandes voces, y regresó a la casa. Allí permanecía, desde entonces, encerrada en su cuarto.

Los hermanos abandonaron los caballos a Camilo y se dirigieron a la casa.

—Leonor no debe saber una palabra —dijo Juan.

—Claro que no —dijo David—. Ni una palabra.

Leonor supo que habían llegado por el ladrido de los perros. Estaba semidormida cuando un ronco gruñido cortó la noche y bajo su ventana pasó, como una exhalación, un animal acezante. Era Spoky, advirtió su carrera frenética y sus inconfundibles aullidos. En seguida escuchó el trote perezoso y el sordo rugido de Domitila, la perrita preñada. La agresividad de los perros terminó bruscamente, a los ladridos sucedió el jadeo afanoso con que recibían siempre a David. Por una rendija vio a sus hermanos acercarse a la casa y oyó el ruido de la puerta principal que se abría y cerraba. Esperó que subieran la escalera y llegaran a su cuarto. Cuando abrió, Juan estiraba la mano para tocar.

—Hola, pequeña —dijo David.

Dejó que la abrazaran y les alcanzó la frente, pero ella no los besó. Juan encendió la lámpara.

—¿Por qué no me avisaron? Han debido decirme. Yo quería alcanzarlos, pero Camilo no me dejó. Tienes que castigarlo, David, si vieras cómo me agarraba, es un insolente y un bruto. Yo le rogaba que me soltara y él no me hacía caso.

Había comenzado a hablar con energía, pero su voz se quebró. Tenía los cabellos revueltos y estaba descalza. David y Juan trataban de calmarla, le acariciaban los cabellos, le sonreían, la llamaban pequeñita.

—No queríamos inquietarte —explicaba David—. Además, decidimos partir a última hora. Tú dormías ya.

—¿Qué ha pasado? —dijo Leonor.

Juan cogió una manta del lecho y con ella cubrió a su hermana. Leonor había dejado de llorar. Estaba pálida, tenía la boca entreabierta y su mirada era ansiosa.

—Nada —dijo David—. No ha pasado nada. No lo encontramos.

La tensión desapareció del rostro de Leonor, en sus labios hubo una expresión de alivio.

—Pero lo encontraremos —dijo David. Con un gesto vago indicó a Leonor que debía acostarse. Luego dio media vuelta.

—Un momento, no se vayan —dijo Leonor.

Juan no se había movido.

—¿Sí? —dijo David—. ¿Qué pasa, chiquita?

—No lo busquen más a ése.

—No te preocupes —dijo David—, olvídate de eso. Es un asunto de hombres. Déjanos a nosotros.

Entonces Leonor rompió a llorar nuevamente, esta vez con grandes aspavientos. Se llevaba las manos a la cabeza, todo su cuerpo parecía electrizado, y sus gritos alarmaron a los perros, que comenzaron a ladrar al pie de la ventana. David le indicó a Juan con un gesto que interviniera, pero el hermano menor permaneció silencioso e inmóvil.

—Bueno, chiquita —dijo David—. No llores. No lo buscaremos.

—Mentira. Lo vas a matar. Yo te conozco.

—No lo haré —dijo David—. Si crees que ese miserable no merece un castigo…

—No me hizo nada —dijo Leonor, muy rápido, mordiéndose los labios.

—No pienses más en eso —insistió David—. Nos olvidaremos de él. Tranquilízate, pequeña.

Leonor seguía llorando, sus mejillas y sus labios estaban mojados y la manta había rodado al suelo.

—No me hizo nada —repitió—. Era mentira.

—¿Sabes lo que dices? —dice David.

—Yo no podía soportar que me siguiera a todas partes —balbuceaba Leonor—. Estaba tras de mí todo el día, como una sombra.

—Yo tengo la culpa —dijo David, con amargura—. Es peligroso que una mujer ande suelta por el campo. Le ordené que te cuidara. No debí fiarme de un indio. Todos son iguales.

—No me hizo nada, David —clamó Leonor—. Créeme, te estoy diciendo la verdad. Pregúntale a Camilo, él sabe que no pasó nada. Por eso lo ayudó a escaparse. ¿No sabías eso? Sí, él fue. Yo se lo dije. Sólo quería librarme de él, por eso inventé esa historia. Camilo sabe todo, pregúntale.

Leonor se secó las mejillas con el dorso de la mano. Levantó la manta y la echó sobre sus hombros. Parecía haberse librado de una pesadilla.

—Mañana hablaremos de eso —dijo David—. Ahora estamos cansados. Hay que dormir.

—No —dijo Juan.

Leonor descubrió a su hermano muy cerca de ella: había olvidado que Juan también se hallaba allí. Tenía la frente llena de arrugas, las aletas de su nariz palpitaban como el hociquito de Spoky.

—Vas a repetir ahora mismo lo que has dicho —le decía Juan, de un modo extraño—. Vas a repetir cómo nos mentiste.

—Juan —dijo David—. Supongo que no vas a creerle. Ahora es que trata de engañarnos.

—He dicho la verdad —rugió Leonor; miraba alternativamente a los hermanos—. Ese día le ordené que me dejara sola y no quiso. Fui hasta el río y él detrás de mí. Ni siquiera podía bañarme tranquila. Se quedaba parado, mirándome torcido, como los animales. Entonces vine y les conté eso.

—Espera, Juan —dijo David—. ¿Dónde vas? Espera.

Juan había dado media vuelta y se dirigía hacia la puerta; cuando David trató de detenerlo, estalló. Como un endemoniado comenzó a proferir improperios: trató de puta a su hermana y a su hermano de canalla y de déspota, dio un violento empujón a David que quería cerrarle el paso, y abandonó la casa a saltos, dejando un reguero de injurias. Desde la ventana, Leonor y David lo vieron atravesar el descampado a toda carrera, vociferando como un loco, y lo vieron entrar a las cuadras y salir poco después montando a pelo el Colorado. El mañoso caballo de Leonor siguió dócilmente la dirección que le indicaban los inexpertos puños que tenían sus riendas; caracoleando con elegancia, cambiando de paso y agitando las crines rubias de la cola como un abanico, llegó hasta el borde del camino que conducía, entre montañas, desfiladeros y extensos arenales, a la ciudad. Allí se rebeló. Se irguió de golpe en las patas traseras relinchando, giró como una bailarina y regresó al descampado, velozmente.

—Lo va a tirar —dijo Leonor.

—No —dijo David, a su lado—. Fíjate. Se sostiene.

Muchos indios habían salido a las puertas de las cuadras y contemplaban, asombrados, al hermano menor que se mantenía increíblemente seguro sobre el caballo y a la vez taconeaba con ferocidad sus ijares y le golpeaba la cabeza con uno de sus puños. Exasperado por los golpes, el Colorado iba de un lado a otro, encabritado, brincaba, emprendía vertiginosas y brevísimas carreras y se plantaba de golpe, pero el jinete parecía soldado a su lomo. Leonor y David lo veían aparecer y desaparecer, firme como el más avezado de los domadores, y estaban mudos, pasmados. De pronto, el Colorado se rindió: su esbelta cabeza colgando hacia el suelo, como avergonzado, se quedó quieto, respirando fatigosamente. En ese momento creyeron que regresaba; Juan dirigió el animal hacia la casa y se detuvo ante la puerta, pero no desmontó. Como si recordara algo, dio media vuelta y a trote corto marchó derechamente hacia esa construcción que llamaban La Mugre. Allí bajó de un brinco. La puerta estaba cerrada y Juan hizo volar el candado a puntapiés. Luego indicó a gritos a los indios que estaban adentro, que salieran, que había terminado el castigo para todos. Después volvió a la casa, caminando lentamente. En la puerta lo esperaba David. Juan parecía sereno; estaba empapado de sudor y sus ojos mostraban orgullo. David se aproximó a él y lo llevó al interior tomado del hombro.

—Vamos —le decía—. Tomaremos un trago mientras Leonor te cura las rodillas.

Día domingo

Contuvo un instante la respiración, clavó las uñas en la palma de sus manos y dijo, muy rápido: «Estoy enamorado de ti». Vio que ella enrojecía bruscamente, como si alguien hubiera golpeado sus mejillas, que eran de una palidez resplandeciente y muy suaves. Aterrado, sintió que la confusión ascendía por él y petrificaba su lengua. Deseó salir corriendo, acabar: en la taciturna mañana de invierno había surgido ese desaliento íntimo que lo abatía siempre en los momentos decisivos. Unos minutos antes, entre la multitud animada y sonriente que circulaba por el parque Central de Miraflores, Miguel se repetía aún: «Ahora. Al llegar a la avenida Pardo. Me atreveré. ¡Ah, Rubén, si supieras cómo te odio!». Y antes todavía, en la iglesia, mientras buscaba a Flora con los ojos, la divisaba al pie de una columna y, abriéndose paso con los codos sin pedir permiso a las señoras que empujaba, conseguía acercársele y saludarla en voz baja, volvía a decirse, tercamente, como esa madrugada, tendido en su lecho, vigilando la aparición de la luz: «No hay más remedio. Tengo que hacerlo hoy día. En la mañana. Ya me las pagarás, Rubén». Y la noche anterior había llorado, por primera vez en muchos años, al saber que se preparaba esa innoble emboscada. La gente seguía en el parque y la avenida

Pardo se hallaba desierta; caminaban por la alameda, bajo los ficus de cabelleras altas y tupidas. «Tengo que apurarme», pensaba Miguel, «si no, me friego». Miró de soslayo alrededor: no había nadie, podía intentarlo. Lentamente, fue estirando su mano izquierda hasta tocar la de ella; el contacto le reveló que transpiraba. Imploró que ocurriera un milagro, que cesara aquella humillación. «Qué le digo», pensaba, «qué le digo». Ella acababa de retirar su mano y él se sentía desamparado y ridículo. Todas las frases radiantes, preparadas febrilmente la víspera, se habían disuelto como globos de espuma.

—Flora —balbuceó—, he esperado mucho tiempo este momento. Desde que te conozco sólo pienso en ti. Estoy enamorado por primera vez, créeme, nunca había conocido una muchacha como tú.

Otra vez una compacta mancha blanca en su cerebro, el vacío. Ya no podía aumentar la presión: la piel cedía como jebe y las uñas alcanzaban el hueso. Sin embargo, siguió hablando, dificultosamente, con grandes intervalos, venciendo el bochornoso tartamudeo, tratando de describir una pasión irreflexiva y total, hasta descubrir, con alivio, que llegaban al primer óvalo de la avenida Pardo, y entonces calló. Entre el segundo y el tercer ficus, pasado el óvalo, vivía Flora. Se detuvieron, se miraron: Flora estaba aún encendida y la turbación había colmado sus ojos de un brillo húmedo. Desolado, Miguel se dijo que nunca le había parecido tan hermosa: una cinta azul recogía sus cabellos y él podía ver el nacimiento de su cuello, y sus orejas, dos signos de interrogación, pequeñitos y perfectos.

—Mira, Miguel —dijo Flora; su voz era suave, llena de música, segura—. No puedo contestarte ahora. Pero mi mamá no quiere que ande con chicos hasta que termine el colegio.

—Todas las mamás dicen lo mismo, Flora —insistió Miguel—. ¿Cómo iba a saber ella? Nos veremos cuando tú digas, aunque sea sólo los domingos.

—Ya te contestaré, primero tengo que pensarlo —dijo Flora, bajando los ojos. Y después de unos segundos añadió—: Perdona, pero ahora tengo que irme, se hace tarde.

Miguel sintió una profunda lasitud, algo que se expandía por todo su cuerpo y lo ablandaba.

—¿No estás enojada conmigo, Flora, no? —dijo humildemente.

—No seas sonso —replicó ella, con vivacidad—. No estoy enojada.

—Esperaré todo lo que quieras —dijo Miguel—. Pero nos seguiremos viendo, ¿no? ¿Iremos al cine esta tarde, no?

—Esta tarde no puedo —dijo ella, dulcemente—. Me ha invitado a su casa Martha.

Una correntada cálida, violenta, lo invadió y se sintió herido, atontado, ante esa respuesta que esperaba y que ahora le parecía una crueldad. Era cierto lo que el Melanés había murmurado, torvamente, a su oído, el sábado en la tarde. Martha los dejaría solos, era la táctica habitual. Después, Rubén relataría a los pajarracos cómo él y su hermana habían planeado las circunstancias, el sitio y la hora. Martha habría reclamado, en pago de sus servicios, el derecho de espiar detrás de la cortina. La cólera empapó sus manos de golpe.

—No seas así, Flora. Vamos a la matiné como quedamos. No te hablaré de esto. Te prometo.

—No puedo, de veras —dijo Flora—. Tengo que ir donde Martha. Vino ayer a mi casa para invitarme. Pero después iré con ella al parque Salazar.

Ni siquiera vio en esas últimas palabras una esperanza. Un rato después contemplaba el lugar donde había desaparecido la frágil figurita celeste, bajo el arco majestuoso de los ficus de la avenida. Era posible competir con un simple adversario, no con Rubén. Recordó los nombres de las muchachas invitadas por Martha, una tarde de domingo. Ya no podía hacer nada, estaba derrotado. Una vez más surgió entonces esa imagen que lo salvaba siempre que sufría una frustración: desde un lejano fondo de nubes infladas de humo negro se aproximaba él, al frente de una compañía de cadetes de la Escuela Naval, a una tribuna levantada en el parque; personajes vestidos de etiqueta, el sombrero de copa en la mano, y señoras de joyas relampagueantes lo aplaudían. Aglomerada en las veredas, una multitud en la que sobresalían los rostros de sus amigos y enemigos, lo observaba maravillada, murmurando su nombre. Vestido de paño azul, una amplia capa flotando a sus espaldas, Miguel desfilaba delante, mirando el horizonte. Levantada la espada, su cabeza describía media esfera en el aire: allí, en el corazón de la tribuna estaba Flora, sonriendo. En una esquina, haraposo, avergonzado, descubría a Rubén: se limitaba a echarle una brevísima ojeada despectiva. Seguía marchando, desaparecía entre vítores.

Como el vaho de un espejo que se frota, la imagen desapareció. Estaba en la puerta de su casa, odiaba a todo el mundo, se odiaba. Entró y subió directamente a su cuarto. Se echó de bruces en la cama; en la tibia oscuridad, entre sus pupilas y sus párpados, apareció el rostro de la muchacha —«Te quiero, Flora», dijo él en voz alta— y luego Rubén, con su mandíbula insolente y su sonrisa hostil; estaban uno al lado del otro, se acercaban, los ojos de Rubén se torcían para mirarlo burlonamente mientras su boca avanzaba hacia Flora.

Saltó de la cama. El espejo del armario le mostró un rostro ojeroso, lívido. «No la verá», decidió. «No me hará esto, no permitiré que me haga esa perrada.»

La avenida Pardo continuaba solitaria. Acelerando el paso sin cesar, caminó hasta el cruce con la avenida Grau; allí vaciló. Sintió frío; había olvidado el saco en su cuarto y la sola camisa no bastaba para protegerlo del viento que venía del mar y se enredaba en el denso ramaje de los ficus con un suave murmullo. La temida imagen de Flora y Rubén juntos le dio valor, y siguió andando. Desde la puerta del bar vecino al Cine Montecarlo, los vio en la mesa de costumbre, dueños del ángulo que formaban las paredes del fondo y de la izquierda. Francisco, el Melanés, Tobías, el Escolar lo descubrían y, después de un instante de sorpresa, se volvían hacia Rubén, los rostros maliciosos, excitados. Recuperó el aplomo de inmediato: frente a los hombres sí sabía comportarse.

—Hola —les dijo, acercándose—. ¿Qué hay de nuevo?

—Siéntate —le alcanzó una silla el Escolar—. ¿Qué milagro te ha traído por aquí?

—Hace siglos que no venías —dijo Francisco.

—Me provocó verlos —dijo Miguel, cordialmente—. Ya sabía que estaban aquí. ¿De qué se asombran? ¿O ya no soy un pajarraco?

Tomó asiento entre el Melanés y Tobías. Rubén estaba al frente.

—¡Cuncho! —gritó el Escolar—. Trae otro vaso. Que no esté muy mugriento.

Cuncho trajo el vaso y el Escolar lo llenó de cerveza. Miguel dijo: «Por los pajarracos», y bebió.

—Por poco te tomas el vaso también —dijo Francisco—. ¡Qué ímpetus!

—Apuesto a que fuiste a misa de una —dijo el Melanés, un párpado plegado por la satisfacción, como siempre que iniciaba algún enredo—. ¿O no?

—Fui —dijo Miguel, imperturbable—. Pero sólo para ver a una hembrita, nada más.

Miró a Rubén con ojos desafiantes, pero él no se dio por aludido; jugueteaba con los dedos sobre la mesa y, bajito, la punta de la lengua entre los dientes, silbaba *La niña Popof*, de Pérez Prado.

—¡Buena! —aplaudió el Melanés—. Buena, don Juan. Cuéntanos, ¿a qué hembrita?

—Eso es un secreto.

—Entre los pajarracos no hay secretos —recordó Tobías—. ¿Ya te has olvidado? Anda, ¿quién era?

—Qué te importa —dijo Miguel.

—Muchísimo —dijo Tobías—. Tengo que saber con quién andas para saber quién eres.

—Toma mientras —dijo el Melanés a Miguel—. Una a cero.

—¿A que adivino quién es? —dijo Francisco—. ¿Ustedes no?

—Yo ya sé —dijo Tobías.

—Y yo —dijo el Melanés. Se volvió a Rubén con ojos y voz muy inocentes—. Y tú, cuñado, ¿adivinas quién es?

—No —dijo Rubén, con frialdad—. Y tampoco me importa.

—Tengo llamitas en el estómago —dijo el Escolar—. ¿Nadie va a pedir una cerveza?

El Melanés se pasó un patético dedo por la garganta:

—*I haven't money, darling* —dijo.

—Pago una botella —anunció Tobías, con ademán solemne—. A ver quién me sigue, hay que apagarle las llamitas a este baboso.

—Cuncho, bájate media docena de Cristales —dijo Miguel.

Hubo gritos de júbilo, exclamaciones.

—Eres un verdadero pajarraco —afirmó Francisco.

—Sucio, pulguiento —agregó el Melanés—, sí, señor, un pajarraco de la pitri-mitri.

Cuncho trajo las cervezas. Bebieron. Escucharon al Melanés referir historias sexuales, crudas, extravagantes y afiebradas y se entabló entre Tobías y Francisco una recia polémica sobre fútbol. El Escolar contó una anécdota. Venía de Lima a Miraflores en un colectivo; los demás pasajeros bajaron en la avenida Arequipa. A la altura de Javier Prado subió el cachalote Tomasso, ese albino de dos metros que sigue en primaria, vive por la Quebrada: ¿ya captan?; simulando gran interés por el automóvil comenzó a hacer preguntas al chofer, inclinado hacia el asiento de adelante, mientras rasgaba con una navaja, suavemente, el tapiz del espaldar.

—Lo hacía porque yo estaba ahí —afirmó el Escolar—. Quería lucirse.

—Es un retrasado mental —dijo Francisco—. Esas cosas se hacen a los diez años. A su edad, no tiene gracia.

—Tiene gracia lo que pasó después —rió el Escolar—. Oiga, chofer, ¿no ve que este cachalote está destrozando su carro?

—¿Qué? —dijo el chofer, frenando en seco. Las orejas encarnadas, los ojos espantados, el cachalote Tomasso forcejeaba con la puerta.

—Con su navaja —dijo el Escolar—. Fíjese cómo le ha dejado el asiento.

El cachalote logró salir por fin. Echó a correr por la avenida Arequipa; el chofer iba tras él, gritando: «Agarren a ese desgraciado».

—¿Lo agarró? —preguntó el Melanés.

—No sé. Yo desaparecí. Y me robé la llave del motor, de recuerdo. Aquí la tengo.

Sacó de su bolsillo una pequeña llave plateada y la arrojó sobre la mesa. Las botellas estaban vacías. Rubén miró su reloj y se puso de pie.

—Me voy —dijo—. Ya nos vemos.

—No te vayas —dijo Miguel—. Estoy rico hoy día. Los invito a almorzar a todos.

Un remolino de palmadas cayó sobre él, los pajarracos le agradecieron con estruendo, lo alabaron.

—No puedo —dijo Rubén—. Tengo que hacer.

—Anda vete nomás, buen mozo —dijo Tobías—. Y salúdame a Marthita.

—Pensaremos mucho en ti, cuñado —dijo el Melanés.

—No —exclamó Miguel—. Invito a todos o a ninguno. Si se va Rubén, nada.

—Ya has oído, pajarraco Rubén —dijo Francisco—, tienes que quedarte.

—Tienes que quedarte —dijo el Melanés—, no hay tutías.

—Me voy —dijo Rubén.

—Lo que pasa es que estás borracho —dijo Miguel—. Te vas porque tienes miedo de quedar en ridículo delante de nosotros, eso es lo que pasa.

—¿Cuántas veces te he llevado a tu casa boqueando? —dijo Rubén—. ¿Cuántas te he ayudado a subir la reja para que no te pesque tu papá? Resisto diez veces más que tú.

—Resistías —dijo Miguel—. Ahora está difícil. ¿Quieres ver?

—Con mucho gusto —dijo Rubén—. ¿Nos vemos a la noche, aquí mismo?

—No. En este momento —Miguel se volvió hacia los demás, abriendo los brazos—: Pajarracos, estoy haciendo un desafío.

Dichoso, comprobó que la antigua fórmula conservaba intacto su poder. En medio de la ruidosa alegría que había provocado, vio a Rubén sentarse, pálido.

—¡Cuncho! —gritó Tobías—. El menú. Y dos piscinas de cerveza. Un pajarraco acaba de lanzar un desafío.

Pidieron bistecs a la chorrillana y una docena de cervezas. Tobías dispuso tres botellas para cada uno de los competidores y las demás para el resto. Comieron hablando apenas. Miguel bebía después de cada bocado y procuraba mostrar animación, pero el temor de no resistir lo suficiente crecía a medida que la cerveza depositaba en su garganta un sabor ácido. Cuando acabaron las seis botellas, hacía rato que Cuncho había retirado los platos.

—Ordena tú —dijo Miguel a Rubén.

—Otras tres por cabeza.

Después del primer vaso de la nueva tanda, Miguel sintió que los oídos le zumbaban; su cabeza era una lentísima ruleta, todo se movía.

—Me hago pis —dijo—. Voy al baño.

Los pajarracos rieron.

—¿Te rindes? —preguntó Rubén.

—Voy a hacer pis —gritó Miguel—. Si quieres, que traigan más.

En el baño, vomitó. Luego se lavó la cara, detenidamente, procurando borrar toda señal reveladora. Su reloj marcaba las cuatro y media. Pese al denso malestar, se sintió feliz. Rubén ya no podía hacer nada. Regresó donde ellos.

—Salud —dijo Rubén, levantando el vaso.

«Está furioso», pensó Miguel. «Pero ya lo fregué.»

—Huele a cadáver —dijo el Melanés—. Alguien se nos muere por aquí.

—Estoy nuevecito —aseguró Miguel, tratando de dominar el asco y el mareo.

—Salud —repetía Rubén.

Cuando hubieron terminado la última cerveza, su estómago parecía de plomo, las voces de los otros llegaban a sus ojos como una confusa mezcla de ruidos. Una mano apareció de pronto bajo sus oídos, era blanca y de largos dedos, lo cogía del mentón, lo obligaba a alzar la cabeza; la cara de Rubén había crecido. Estaba chistoso, tan despeinado y colérico.

—¿Te rindes, mocoso?

Miguel se incorporó de golpe y empujó a Rubén, pero antes que el simulacro prosperara, intervino el Escolar.

—Los pajarracos no pelean nunca —dijo, obligándolos a sentarse—. Los dos están borrachos. Se acabó. Votación.

El Melanés, Francisco y Tobías accedieron a otorgar el empate, de mala gana.

—Yo ya había ganado —dijo Rubén—. Éste no puede ni hablar. Mírenlo.

Efectivamente, los ojos de Miguel estaban vidriosos, tenía la boca abierta y de su lengua chorreaba un hilo de saliva.

—Cállate —dijo el Escolar—. Tú no eres un campeón que digamos, tomando cerveza.

—No eres un campeón tomando cerveza —subrayó el Melanés—. Sólo eres un campeón de natación, el trome de las piscinas.

—Mejor tú no hables —dijo Rubén—; ¿no ves que la envidia te corroe?

—Viva la Esther Williams de Miraflores —dijo el Melanés.

—Tremendo vejete y ni siquiera sabes nadar —dijo Rubén—. ¿No quieres que te dé unas clases?

—Ya sabemos, maravilla —dijo el Escolar—. Has ganado un campeonato de natación. Y todas las chicas se mueren por ti. Eres un campeoncito.

—Éste no es campeón de nada —dijo Miguel, con dificultad—. Es pura pose.

—Te estás muriendo —dijo Rubén—. ¿Te llevo a tu casa, niñita?

—No estoy borracho —aseguró Miguel—. Y tú eres pura pose.

—Estás picado porque le voy a caer a Flora —dijo Rubén—. Te mueres de celos. ¿Crees que no capto las cosas?

—Pura pose —dijo Miguel—. Ganaste porque tu padre es presidente de la federación, todo el mundo sabe que hizo trampa, descalificó al Conejo Villarán, sólo por eso ganaste.

—Por lo menos nado mejor que tú —dijo Rubén—, ni siquiera sabes correr olas.

—Tú no nadas mejor que nadie —dijo Miguel—. Cualquiera te deja botado.

—Cualquiera —dijo el Melanés—. Hasta Miguel, que es una madre.

—Permítanme que me sonría —dijo Rubén.

—Te permitimos —dijo Tobías—. No faltaba más.

—Se me sobran porque estamos en invierno —dijo Rubén—. Si no, los desafiaba a ir a la playa, a ver si en el agua son tan sobrados.

—Ganaste el campeonato por tu padre —dijo Miguel—. Eres pura pose. Cuando quieras nadar conmigo, me avisas nomás, con toda confianza. En la playa, en el Terrazas, donde quieras.

—En la playa —dijo Rubén—. Ahora mismo.

—Eres pura pose —dijo Miguel.

El rostro de Rubén se iluminó de pronto y sus ojos, además de rencorosos, se volvieron arrogantes.

—Te apuesto a ver quién llega primero a la reventazón —dijo.

—Pura pose —dijo Miguel.

—Si ganas —dijo Rubén—, te prometo que no le caigo a Flora. Y si yo gano tú te vas con la música a otra parte.

—¿Qué te has creído? —balbuceó Miguel—. Maldita sea, ¿qué es lo que te has creído?

—Pajarracos —dijo Rubén, abriendo los brazos—, estoy haciendo un desafío.

—Miguel no está en forma ahora —dijo el Escolar—. ¿Por qué no se juegan a Flora a cara o sello?

—Y tú por qué te metes —dijo Miguel—. Acepto. Vamos a la playa.

—Están locos —dijo Francisco—. Yo no bajo a la playa con este frío. Hagan otra apuesta.

—Ha aceptado —dijo Rubén—. Vamos.

—Cuando un pajarraco hace un desafío, todos se meten la lengua al bolsillo —dijo el Melanés—. Vamos a la playa. Y si no se atreven a entrar al agua, los tiramos nosotros.

—Los dos están borrachos —insistió el Escolar—. El desafío no vale.

—Cállate, Escolar —rugió Miguel—. Ya estoy grande, no necesito que me cuides.

—Bueno —dijo el Escolar, encogiendo los hombros—. Friégate, nomás.

Salieron. Afuera los esperaba una atmósfera quieta, gris. Miguel respiró hondo; se sintió mejor. Caminaban adelante Francisco, el Melanés y Rubén. Atrás, Miguel y el Escolar. En la avenida Grau había algunos transeúntes; la mayoría, sirvientas de trajes chillones en su día de salida. Hombres cenicientos, de gruesos cabellos lacios, merodeaban a su alrededor y las miraban con codicia; ellas reían mostrando sus dientes de oro. Los pajarracos no les prestaban atención. Avanzaban a grandes trancos y la excitación los iba ganando, poco a poco.

—¿Ya se te pasó? —dijo el Escolar.

—Sí —respondió Miguel—. El aire me ha hecho bien.

En la esquina de la avenida Pardo doblaron. Marchaban desplegados como una escuadra, en una misma línea, bajo los ficus de la alameda, sobre las losetas hinchadas a trechos por las enormes raíces de los árboles que irrumpían a veces en la superficie como garfios. Al bajar por la Diagonal, cruzaron a dos muchachas. Rubén se inclinó, ceremonioso.

—Hola, Rubén —cantaron ellas, a dúo.

Tobías las imitó, aflautando la voz:

—Hola, Rubén, príncipe.

La avenida Diagonal desemboca en una pequeña quebrada que se bifurca; por un lado, serpentea el Malecón, asfaltado y lustroso; por el otro, hay una pendiente que contornea el cerro y llega hasta el mar. Se llama «la bajada a los baños», su empedrado es parejo y brilla por el repaso de las llantas de los automóviles y los pies de los bañistas de muchísimos veranos.

—Entremos en calor, campeones —gritó el Melanés, echándose a correr. Los demás lo imitaron.

Corrían contra el viento y la delgada bruma que subían desde la playa, sumidos en un emocionante torbellino; por sus oídos, su boca y sus narices penetraba el aire a sus pulmones y una sensación de alivio y desintoxicación se expandía por su cuerpo a medida que el declive se acentuaba y en un momento sus pies no obedecían ya sino a una fuerza misteriosa que provenía de lo más profundo de la tierra. Los brazos como hélices, en sus lenguas un aliento salado, los pajarracos descendieron la bajada a toda carrera, hasta la plataforma circular, suspendida sobre el edificio de las casetas. El mar se desvanecía a unos cincuenta metros de la orilla, en una espesa nube que parecía próxima a arremeter contra los acantilados, altas moles oscuras plantadas a lo largo de toda la bahía.

—Regresemos —dijo Francisco—. Tengo frío.

Al borde de la plataforma hay un cerco manchado a pedazos por el musgo. Una abertura señala el comienzo de la escalerilla, casi vertical, que baja hasta la playa. Los pajarracos contemplaban desde allí, a sus pies, una breve cinta de agua libre, y la superficie inusitada, bullente, cubierta por la espuma de las olas.

—Me voy si éste se rinde —dijo Rubén.

—¿Quién habla de rendirse? —repuso Miguel—. ¿Pero qué te has creído?

Rubén bajó la escalerilla a saltos, a la vez que se desabotonaba la camisa.

—¡Rubén! —gritó el Escolar—. ¿Estás loco? ¡Regresa!

Pero Miguel y los otros también bajaban y el Escolar los siguió.

En el verano, desde la baranda del largo y angosto edificio recostado contra el cerro, donde se hallan los cuartos de los bañistas, hasta el límite curvo del mar, había un declive de piedras plomizas donde la gente se asoleaba. La pequeña playa hervía de animación desde la mañana hasta el crepúsculo. Ahora el agua ocupaba el declive y no había sombrillas de colores vivísimos, ni muchachas elásticas de cuerpos tostados, no resonaban los gritos melodramáticos de los niños y de las mujeres cuando una ola conseguía salpicarlos antes de regresar arrastrando rumorosas piedras y guijarros, no se veía ni un hilo de playa, pues la corriente inundaba hasta el espacio limitado por las sombrías columnas que mantienen el edificio en vilo, y, en el momento de la resaca, apenas se descubrían los escalones de madera y los soportes de cemento, decorados por estalactitas y algas.

—La reventazón no se ve —dijo Rubén—. ¿Cómo hacemos?

Estaban en la galería de la izquierda, en el sector correspondiente a las mujeres; tenían los rostros serios.

—Esperen hasta mañana —dijo el Escolar—. Al mediodía estará despejado. Así podremos controlarlos.

—Ya que hemos venido hasta aquí que sea ahora —dijo el Melanés—. Pueden controlarse ellos mismos.

—Me parece bien —dijo Rubén—. ¿Y a ti?

—También —dijo Miguel.

Cuando estuvieron desnudos, Tobías bromeó acerca de las venas azules que escalaban el vientre liso de Miguel. Descendieron. La madera de los escalones, lamida incesantemente por el agua desde hacía meses, estaba resbaladiza y muy suave. Prendido al pasamanos de hierro para no caer, Miguel sintió un estremecimiento que subía desde la planta de sus pies al cerebro. Pensó que, en cierta forma, la neblina y el frío lo favorecían, el éxito ya no dependía de la destreza, sino sobre todo de la resistencia, y la piel de Rubén estaba también cárdena, replegada en millones de carpas pequeñísimas. Un escalón más abajo, el cuerpo armonioso de Rubén se inclinó; tenso, aguardaba el final de la resaca y la llegada de la próxima ola, que venía sin bulla, airosamente, despidiendo por delante una bandada de trocitos de espuma. Cuando la cresta de la ola estuvo a dos metros de la escalera, Rubén se arrojó: los brazos como lanzas, los cabellos alborotados por la fuerza del impulso, su cuerpo cortó el aire rectamente y cayó sin doblarse, sin bajar la cabeza ni plegar las piernas, rebotó en la espuma, se hundió apenas y, de inmediato, aprovechando la marea, se deslizó hacia adentro; sus brazos aparecían y se hundían entre un burbujeo frenético y sus pies iban trazando una estela cuidadosa y muy veloz. A su vez, Miguel bajó otro escalón y esperó la próxima ola. Sabía que el fondo allí era escaso, que debía arrojarse como una tabla, duro y rígido, sin mover un músculo, o chocaría contra las piedras. Cerró los ojos y saltó, y no encontró el fondo, pero su cuerpo fue azotado desde la frente hasta las rodillas, y surgió un vivísimo escozor mientras braceaba con todas sus fuerzas para devolver a sus miembros el calor que el agua les había arrebatado de golpe. Estaba en esa extraña sección del mar de Miraflores vecina a la orilla, donde se encuentran la resaca y las olas, y hay remolinos y corrientes encontradas, y el último verano distaba tanto que Miguel había olvidado cómo franquearla sin esfuerzo. No recordaba que es preciso aflojar el cuerpo y abandonarse, dejarse llevar sumisamente a la deriva, bracear sólo cuando se salva una ola y se está sobre la cresta, en esa plancha líquida que escolta a la espuma y flota encima de las corrientes. No recordaba que conviene soportar con paciencia y cierta malicia ese primer contacto con el mar exasperado de la orilla que tironea los miembros y avienta chorros a la boca y los ojos, no ofrecer resistencia, ser un corcho, limitarse a tomar aire cada vez que una ola se avecina, sumergirse —apenas si reventó lejos y viene sin ímpetu, o hasta el mismo fondo si el estallido es cercano—, aferrarse a alguna piedra y esperar atento el estruendo sordo de su paso, para emerger de un solo impulso y continuar avanzando, disimuladamente, con las manos, hasta encontrar un nuevo obstáculo y entonces ablandarse, no combatir contra los remolinos, girar voluntariamente en la espiral lentísima y escapar de pronto, en el momento oportuno, de un solo manotazo. Luego, surge de improviso una superficie calma, conmovida por tumbos inofensivos; el agua es clara, llana, y en algunos puntos se divisan las opacas piedras submarinas.

Después de atravesar la zona encrespada, Miguel se detuvo, exhausto, y tomó aire. Vio a Rubén a poca distancia, mirándolo. El pelo le caía sobre la frente en cerquillo; tenía los dientes apretados.

—¿Vamos?

—Vamos.

A los pocos minutos de estar nadando, Miguel sintió que el frío, momentáneamente desaparecido, lo invadía de nuevo, y apuró el pataleo porque era en las piernas, en las pantorrillas sobre todo, donde el agua actuaba con mayor eficacia, insensibilizándolas primero, luego endureciéndolas. Nadaba con la cara sumergida y, cada vez que el brazo derecho se hallaba afuera, volvía la cabeza para arrojar el aire retenido y tomar otra provisión con la que hundía una vez más la frente y la barbilla, apenas, para no frenar su propio avance y, al contrario, hendir el agua como una proa y facilitar el desliz. A cada brazada veía con un ojo a Rubén, nadando sobre la superficie, suavemente, sin esfuerzo, sin levantar espuma ahora, con la delicadeza y la facilidad de una gaviota que planea. Miguel trataba de olvidar a Rubén y al mar y a la reventazón (que debía estar lejos aún, pues el agua era limpia, sosegada, y sólo atravesaban tumbos recién iniciados), quería recordar únicamente el rostro de Flora, el vello de sus brazos que en los días de sol centelleaba como un diminuto bosque de hilos de oro, pero no podía evitar que, a la imagen de la muchacha, sucediera otra, brumosa, excluyente, atronadora, que caía sobre Flora y la ocultaba, la imagen de una montaña de agua embravecida, no precisamente la reventazón (a la que había llegado una vez hacía dos veranos, y cuyo oleaje era intenso, de espuma verdosa y negruzca, porque en ese lugar, más o menos, terminaban las piedras y empezaba el fango que las olas extraían a la superficie y entreveraban con los nidos de algas y malaguas, tiñendo el mar), sino, más bien, en un verdadero océano removido por cataclismos interiores, en el que se elevaban olas descomunales, que hubieran podido abrazar a un barco entero y lo hubieran revuelto con asombrosa rapidez, despidiendo por los aires a pasajeros, lanchas, mástiles, velas, boyas, marineros, ojos de buey y banderas.

Dejó de nadar, su cuerpo se hundió hasta quedar vertical, alzó la cabeza y vio a Rubén que se alejaba. Pensó llamarlo con cualquier pretexto, decirle «por qué no descansamos un momento», pero no lo hizo. Todo el frío de su cuerpo parecía concentrarse en las pantorrillas, sentía los músculos agarrotados, la piel tirante, el corazón acelerado. Movió los pies febrilmente. Estaba en el centro de un círculo de agua oscura, amurallado por la neblina. Trató de distinguir la playa, o cuando menos la sombra de los acantilados, pero esa gasa equívoca que se iba disolviendo a su paso, no era transparente. Sólo veía una superficie breve, verde negruzca, y un manto de nubes, a ras de agua. Entonces, sintió miedo. Lo asaltó el recuerdo de la cerveza que había bebido, y pensó «fijo que eso me ha debilitado». Al instante pareció que sus brazos y piernas desaparecían. Decidió regresar, pero después de unas brazadas en dirección a la playa, dio media vuelta y nadó lo más ligero que pudo. «No llego a la orilla solo», se decía, «mejor estar cerca de Rubén, si me agoto le diré "me ganaste pero regresemos"». Ahora nadaba sin estilo, la cabeza en alto, golpeando el agua con los brazos tiesos, la vista clavada en el cuerpo imperturbable que lo precedía.

La agitación y el esfuerzo desentumecieron sus piernas, su cuerpo recobró algo de calor, la distancia que lo separaba de Rubén había disminuido y eso lo serenó. Poco después lo alcanzaba; estiró un brazo, cogió uno de sus pies. Instantáneamente el otro se detuvo. Rubén tenía muy enrojecidas las pupilas y la boca abierta.

—Creo que nos hemos torcido —dijo Miguel—. Me parece que estamos nadando de costado a la playa.

Sus dientes castañeteaban, pero su voz era segura. Rubén miró a todos lados. Miguel lo observaba, tenso.

—Ya no se ve la playa —dijo Rubén.

—Hace mucho rato que no se ve —dijo Miguel—. Hay mucha neblina.

—No nos hemos torcido —dijo Rubén—. Mira. Ya se ve la espuma.

En efecto, hasta ellos llegaban unos tumbos condecorados por una orla de espuma que se deshacía y, repentinamente, rehacía. Se miraron, en silencio.

—Ya estamos cerca de la reventazón, entonces —dijo, al fin, Miguel.

—Sí. Hemos nadado rápido.

—Nunca había visto tanta neblina.

—¿Estás muy cansado? —preguntó Rubén.

—¿Yo? Estás loco. Sigamos.

Inmediatamente lamentó esa frase, pero ya era tarde. Rubén había dicho «bueno, sigamos».

Llegó a contar veinte brazadas antes de decirse que no podía más: casi no avanzaba, tenía la pierna derecha seminmovilizada por el frío, sentía los brazos torpes y pesados. Acezando, gritó «¡Rubén!». Éste seguía nadando. «¡Rubén, Rubén!» Giró y comenzó a nadar hacia la playa, a chapotear más bien, con desesperación, y de pronto rogaba a Dios que lo salvara, sería bueno en el futuro, obedecería a sus padres, no faltaría a la misa del domingo y, entonces, recordó haber confesado a los pajarracos «voy a la iglesia sólo a ver a una hembrita» y tuvo una certidumbre como una puñalada: Dios iba a castigarlo, ahogándolo en esas aguas turbias que golpeaba frenético, aguas bajo las cuales lo aguardaba una muerte atroz y, después, quizás, el infierno. En su angustia surgió entonces como un eco, cierta frase pronunciada alguna vez por el padre Alberto en la clase de religión, sobre la bondad divina que no conoce límites, y mientras azotaba el mar con los brazos —sus piernas colgaban como plomadas transversales—, moviendo los labios rogó a Dios que fuera bueno con él, que era tan joven y juró que iría al seminario si se salvaba, pero un segundo después rectificó, asustado, y prometió que en vez de hacerse sacerdote haría sacrificios y otras cosas, daría limosnas y ahí descubrió que la vacilación y el regateo en ese instante crítico podían ser fatales y entonces sintió los gritos enloquecidos de Rubén, muy próximos, y volvió la cabeza y lo vio, a unos diez metros, media cara hundida en el agua, agitando un brazo, implorando: «¡Miguel, hermanito, ven, me ahogo, no te vayas!».

Quedó perplejo, inmóvil, y fue de pronto como si la desesperación de Rubén fulminara la suya; sintió que recobraba el coraje, la rigidez de sus piernas se atenuaba.

—Tengo calambre en el estómago —chillaba Rubén—. No puedo más, Miguel. Sálvame, por lo que más quieras, no me dejes, hermanito.

Flotaba hacia Rubén, y ya iba a acercársele cuando recordó, los náufragos sólo atinan a prenderse como tenazas de sus salvadores y los hunden con ellos, y se alejó, pero los gritos lo aterraban y presintió que si Rubén se ahogaba él tampoco llegaría a la playa, y regresó. A dos metros de Rubén, algo blanco y encogido que se hundía y emergía, gritó: «No te muevas, Rubén, te voy a jalar pero no trates de agarrarme, si me agarras nos hundimos. Rubén, te vas a quedar quieto, hermanito, yo te voy a jalar de la cabeza, no me toques». Se detuvo a una distancia prudente, alargó una mano hasta alcanzar los cabellos de Rubén. Principió a nadar con el brazo libre, esforzándose todo lo posible por ayudarse con las piernas. El desliz era lento, muy penoso, acaparaba todos sus sentidos, apenas escuchaba a Rubén quejarse monótonamente, lanzar de pronto terribles alaridos, «me voy a morir, sálvame, Miguel», o estremecerse por las arcadas. Estaba exhausto cuando se detuvo. Sostenía a Rubén con una mano, con la otra trazaba círculos en la superficie. Respiró hondo por la boca. Rubén tenía la cara contraída por el dolor, los labios plegados en una mueca insólita.

—Hermanito —susurró Miguel—, ya falta poco, haz un esfuerzo. Contesta, Rubén. Grita. No te quedes así.

Lo abofeteó con fuerza y Rubén abrió los ojos; movió la cabeza débilmente.

—Grita, hermanito —repitió Miguel—. Trata de estirarte. Voy a sobarte el estómago. Ya falta poco, no te dejes vencer.

Su mano buscó bajo el agua, encontró una bola dura que nacía en el ombligo de Rubén y ocupaba gran parte del vientre. La repasó, muchas veces, primero despacio, luego fuertemente, y Rubén gritó: «¡No quiero morirme, Miguel, sálvame!».

Comenzó a nadar de nuevo, arrastrando a Rubén esta vez de la barbilla. Cada vez que un tumbo los sorprendía, Rubén se atragantaba, Miguel le indicaba a gritos que escupiera. Y siguió nadando, sin detenerse un momento, cerrando los ojos a veces, animado porque en su corazón había brotado una especie de confianza, algo caliente y orgulloso, estimulante, que lo protegía contra el frío y la fatiga. Una piedra raspó uno de sus pies y él dio un grito y apuró. Un momento después podía pararse y pasaba los brazos en torno a Rubén. Teniéndolo apretado contra él, sintiendo su cabeza apoyada en uno de sus hombros, descansó largo rato. Luego ayudó a Rubén a extenderse de espaldas, y soportándolo en el antebrazo, lo obligó a estirar las rodillas; le hizo masajes en el vientre hasta que la dureza fue cediendo. Rubén ya no gritaba, hacía grandes esfuerzos por estirarse del todo y con sus manos se frotaba también.

—¿Estás mejor?

—Sí, hermanito, ya estoy bien. Salgamos.

Una alegría inexpresable los colmaba mientras avanzaban sobre las piedras, inclinados hacia adelante para enfrentar la resaca, insensibles a los erizos. Al poco rato vieron las aristas de los acantilados, el edifico de los baños y, finalmente, ya cerca de la orilla, a los pajarracos, de pie en la galería de las mujeres, mirándolos.

—Oye —dijo Rubén.

—Sí.

—No les digas nada. Por favor, no les digas que he gritado. Hemos sido siempre muy amigos, Miguel. No me hagas eso.

—¿Crees que soy un desgraciado? —dijo Miguel—. No diré nada, no te preocupes.

Salieron tiritando. Se sentaron en la escalerilla, entre el alboroto de los pajarracos.

—Ya nos íbamos a dar el pésame a las familias —decía Tobías.

—Hace más de una hora que están adentro —dijo el Escolar—. Cuenten, ¿cómo ha sido la cosa?

Hablando con calma, mientras se secaba el cuerpo con la camiscta, Rubén explicó:

—Nada. Llegamos a la reventazón y volvimos. Así somos los pajarracos. Miguel me ganó. Apenas por una puesta de mano. Claro que si hubiera sido en una piscina, habría quedado en ridículo.

Sobre la espalda de Miguel, que se había vestido sin secarse, llovieron las palmadas de felicitación.

—Te estás haciendo un hombre —le decía el Melanés.

Miguel no respondió. Sonriendo, pensaba que esa misma noche iría al parque Salazar; todo Miraflores sabría ya, por boca del Melanés, que había vencido esa prueba heroica y Flora lo estaría esperando con los ojos brillantes. Se abría, frente a él, un porvenir dorado.

Un visitante

Los arenales lamen la fachada del tambo y allí acaban: desde el hueco que sirve de puerta o por entre los carrizos, la mirada resbala sobre una superficie blanca y lánguida hasta encontrar el cielo. Detrás del tambo, la tierra es dura y áspera, y a menos de un kilómetro comienzan los cerros bruñidos, cada uno más alto que el anterior y estrechamente unidos; las cumbres se incrustan en las nubes como agujas o hachas. A la izquierda, angosto, sinuoso, estirándose al borde de la arena y creciendo sin tregua hasta desaparecer entre dos lomas, ya muy lejos del tambo, está el bosque; matorrales, plantas salvajes y una hierba seca y rampante que lo oculta todo, el terreno quebrado, las culebras, las minúsculas ciénagas. Pero el bosque es sólo un anuncio de la selva, un simulacro: acaba al final de una hondonada, al pie de una maciza montaña, tras la cual se extiende la selva verdadera. Y doña Merceditas lo sabe; una vez, hace años, trepó al vértice de esa montaña y contempló desde allí, con ojos asombrados, a través de los manchones de nubes que flotaban a sus pies, la plataforma verde, desplegada a lo ancho y a lo largo, sin un claro.

Ahora, doña Merceditas dormita echada sobre dos costales. La cabra, un poco más allá, escarba la arena con el hocico, mastica empeñosamente una raja de madera o bala al aire tibio de la tarde. De pronto, endereza las orejas y queda tensa. La mujer entreabre los ojos:

—¿Qué pasa, Cuera?

El animal tira de la cuerda que la une a la estaca. La mujer se pone de pie, trabajosamente. A unos cincuenta metros, el hombre se recorta nítido contra el horizonte, su sombra lo precede en la arena. La mujer se lleva una mano a la frente como visera. Mira rápidamente en torno; luego, queda inmóvil. El hombre está muy cerca; es alto, escuálido, muy moreno; tiene el cabello crespo y los ojos burlones. Su camisa descolorida flamea sobre el pantalón de bayeta, arremangado hasta las rodillas. Sus piernas parecen dos tarugos negros.

—Buenas tardes, señora Merceditas —su voz es melodiosa y sarcástica. La mujer ha palidecido.

—¿Qué quieres? —murmura.

—¿Me reconoce, no es verdad? Vaya, me alegro. Si usted es tan amable, quisiera comer algo. Y beber. Tengo mucha sed.

—Ahí adentro hay cerveza y fruta.

—Gracias, señora Merceditas. Es usted muy bondadosa. Como siempre. ¿Podría acompañarme?

—¿Para qué? —la mujer lo mira con recelo; es gorda y entrada en años, pero de piel tersa; va descalza—. Ya conoces el tambo.

—¡Oh! —dice el hombre, en tono cordial—. No me gusta comer solo. Da tristeza.

La mujer vacila un momento. Luego camina hacia el tambo, arrastrando los pies dentro de la arena. Entra. Destapa una botella de cerveza.

—Gracias, muchas gracias, señora Merceditas. Pero prefiero leche. Ya que ha abierto esa botella, ¿por qué no se la toma?

—No tengo ganas.

—Vamos, señora Merceditas, no sea usted así. Tómesela a mi salud.

—No quiero.

La expresión del hombre se agria.

—¿Está sorda? Le he dicho que se tome esa botella. ¡Salud!

La mujer levanta la botella con las manos y bebe, lentamente, a pequeños sorbos. En el mostrador sucio y agujereado, brilla una jarra de leche. El hombre espanta de un manotazo a las moscas que revolotean alrededor, alza la jarra y bebe un largo trago. Sus labios quedan cubiertos por un bozal de nata que la lengua, segundos después, borra ruidosamente.

—¡Ah! —dice, relamiéndose—. Qué buena estaba la leche, señora Merceditas. Fijo que es de cabra, ¿no? Me ha gustado mucho. ¿Ya terminó la botella? ¿Por qué no se abre otra? ¡Salud!

La mujer obedece sin protestar; el hombre devora dos plátanos y una naranja.

—Oiga, señora Merceditas, no sea usted tan viva. La cerveza se le está derramando por el cuello. Le va a mojar su vestido. No desperdicie así las cosas. Abra otra botella y tómesela en honor de Numa. ¡Salud!

El hombre continúa repitiendo «salud» hasta que en el mostrador hay cuatro botellas vacías. La mujer tiene los ojos vidriosos; eructa, escupe, se sienta sobre un costal de fruta.

—¡Dios mío! —dice el hombre—. ¡Qué mujer! Es usted una borrachita, señora Merceditas. Perdone que se lo diga.

—Esto que haces con una pobre vieja te va a pesar, Jamaiquino. Ya lo verás —tiene la lengua algo trabada.

—¿De veras? —dice el hombre, aburridamente—. A propósito, ¿a qué hora vendrá Numa?

—¿Numa?

—¡Oh, es usted terrible, señora Merceditas, cuando no quiere entender las cosas! ¿A qué hora vendrá?

—Eres un negro sucio, Jamaiquino. Numa te va a matar.

—¡No diga esas palabras, señora Merceditas! —bosteza—. Bueno, creo que tenemos todavía para un rato. Seguramente hasta la noche. Vamos a echar un sueñecito, ¿le parece bien?

Se levanta y sale. Va hacia la cabra. El animal lo mira con desconfianza. La desata. Regresa al tambo haciendo girar la cuerda como una hélice y silbando: la mujer no está. En el acto, desaparece la perezosa, lasciva calma de sus gestos. Recorre a grandes saltos el local, maldiciendo. Luego, avanza hacia el bosquecillo seguido por la cabra. Ésta descubre a la mujer tras de un arbusto, comienza a lamerla. El Jamaiquino ríe viendo las miradas rencorosas que lanza la mujer a la cabra. Hace un simple ademán y doña Merceditas se dirige al tambo.

—De veras que es usted una mujer terrible, sí señor. ¡Qué ocurrencias tiene!

Le ata los pies y las manos. Luego, la carga fácilmente y la deposita sobre el mostrador. Se la queda mirando con malicia y, de pronto, comienza a hacerle cosquillas en las plantas de los pies, que son rugosas y anchas. La mujer se retuerce con las carcajadas; su rostro revela desesperación. El mostrador es estrecho y, con los estremecimientos, doña Merceditas se aproxima al canto: por fin rueda pesadamente al suelo.

—¡Qué mujer tan terrible, sí señor! —repite—. Se hace la desmayada y me está espiando con un ojo. ¡Usted no tiene cura, señora Merceditas!

La cabra, la cabeza metida en la habitación, observa a la mujer, fijamente.

El relincho de los caballos sobreviene al final de la tarde; ya oscurece. La señora Merceditas levanta la cara y escucha, los ojos muy abiertos.

—Son ellos —dice el Jamaiquino. Se para de un salto. Los caballos siguen relinchando y piafando. Desde la puerta del tambo, el hombre grita, colérico:

—¿Se ha vuelto loco, teniente? ¿Se ha vuelto loco?

En un recodo del cerro, de unas rocas, surge el teniente; es pequeño y rechoncho: lleva botas de montar, su rostro suda. Mira cautelosamente.

—¿Está usted loco? —repite el Jamaiquino—. ¿Qué le pasa?

—No me levantes la voz, negro —dice el teniente—. Acabamos de llegar. ¿Qué ocurre?

—¿Cómo qué ocurre? Mande a su gente que se lleve lejos los caballos. ¿No sabe usted su oficio?

El teniente enrojece.

—Todavía no estás libre, negro —dice—. Más respeto.

—Esconda los caballos y córteles la lengua si quiere. Pero que no se los sienta. Y espere ahí. Yo le daré la señal —el Jamaiquino despliega la boca y la sonrisa que se dibuja en su rostro es insolente—. ¿No ve que ahora tiene que obedecerme?

El teniente duda unos segundos.

—Pobre de ti si no viene —dice. Y, volviendo la cabeza, ordena—: Sargento Lituma, esconda los caballos.

—A la orden, mi teniente —dice alguien, detrás del cerro. Se oye ruido de cascos. Luego, el silencio.

—Así me gusta —dice el Jamaiquino—. Hay que ser obediente. Muy bien, general. Bravo, comandante. Lo felicito, capitán. No se mueva de ese sitio. Le daré el aviso.

El teniente le muestra el puño y desaparece entre las rocas. El Jamaiquino entra al tambo. Los ojos de la mujer están llenos de odio.

—Traidor —murmura—. Has venido con la policía. ¡Maldito!

—¡Qué educación, Dios mío, qué educación la suya, señora Merceditas! No he venido con la policía. He venido solo. Me he encontrado con el teniente aquí. A usted le consta.

—Numa no vendrá —dice la mujer—. Y los policías te llevarán de nuevo a la cárcel. Y cuando salgas, Numa te matará.

—Tiene usted malos sentimientos, señora Merceditas, no hay duda. ¡Las cosas que me pronostica!

—Traidor —repite la mujer; ha conseguido sentarse y se mantiene muy tiesa—. ¿Crees que Numa es tonto?

—¿Tonto? Nada de eso. Es una cacatúa de vivo. Pero no se desespere, señora Merceditas. Seguro que vendrá.

—No vendrá. Él no es como tú. Tiene amigos. Le avisarán que aquí está la policía.

—¿Cree usted? Yo no creo, no tendrán tiempo. La policía ha venido por otro lado, por detrás de los cerros. Yo he cruzado el arenal solo. En todos los pueblos preguntaba: «¿La señora Merceditas sigue en el tambo? Acaban de soltarme y voy a torcerle el pescuezo». Más de veinte personas deben haber corrido a contárselo a Numa. ¿Cree usted siempre que no vendrá? ¡Dios mío, qué cara ha puesto, señora Merceditas!

—Si le pasa algo a Numa —balbucea la mujer, roncamente— lo vas a lamentar toda tu vida, Jamaiquino.

Éste encoge los hombros. Enciende un cigarrillo y principia a silbar. Después va hasta el mostrador, coge la lámpara de aceite y la prende. La cuelga en uno de los carrizos de la puerta.

—Se está haciendo de noche —dice—. Venga usted por acá, señora Merceditas. Quiero que Numa la vea sentada en la puerta, esperándolo. ¡Ah, es cierto! No puede usted moverse. Perdóneme, soy muy olvidadizo.

Se inclina y la levanta en brazos. La deja en la arena, delante del tambo. La luz de la lámpara cae sobre la mujer y suaviza la piel de su rostro: parece más joven.

—¿Por qué haces esto, Jamaiquino? —la voz de doña Merceditas es, ahora, débil.

—¿Por qué? —dice el Jamaiquino—. Usted no ha estado en la cárcel, ¿no es verdad, señora Merceditas? Pasan los días y uno no tiene nada que hacer. Se aburre uno mucho allí, le aseguro. Y se pasa mucha hambre. Oiga, me estaba olvidando de un detalle. No puede estar con la boca abierta, no se vaya a poner a dar gritos cuando venga Numa. Además, podría tragarse una mosca.

Se ríe. Registra la habitación y encuentra un trapo. Con él venda media cara a doña Merceditas. La examina un buen rato, divertido.

—Permítame que le diga que tiene un aspecto muy cómodo así, señora Merceditas. No sé qué parece.

En la oscuridad del fondo del tambo, el Jamaiquino se yergue como una serpiente: elásticamente y sin bulla. Permanece inclinado sobre sí mismo, las manos apoyadas en el mostrador. Dos metros adelante, en el cono de luz, la mujer está rígida, la cara avanzada, como olfateando el aire: también ha oído. Ha sido un ruido leve pero muy claro, proveniente de la izquierda, que se destacó sobre el canto de los grillos. Brota otra vez, más largo: las ramas del bosquecillo crujen y se quiebran, algo se acerca al tambo. «No está solo», susurra el Jamaiquino. «Miéchica.» Mete la mano en el bolsillo, saca el silbato y se lo pone entre los labios. Aguarda, sin moverse. La mujer se agita y el Jamaiquino maldice entre dientes. La ve retorcerse en el sitio y mover la cabeza como un péndulo, tratando de librarse de la venda. El ruido ha cesado: ¿está ya en la arena, que apaga las pisadas? La mujer tiene la cara vuelta hacia la izquierda y sus ojos, como los de una iguana aplastada, sobresalen de las órbitas. «Los ha visto», murmura el Jamaiquino. Coloca la punta de la lengua en el silbato: el metal es cortante. Doña Merceditas continúa moviendo la cabeza y gruñe con angustia. La cabra da un balido y el Jamaiquino se agazapa. Unos segundos después ve una sombra que desciende sobre la mujer y un brazo desnudo que se estira hacia la venda. Sopla con todas sus fuerzas a la vez que se arroja de un salto contra el recién llegado. El silbato puebla la noche como un incendio y se pierde entre las injurias que estallan a derecha e izquierda, seguidas de pasos precipitados. Los dos hombres han caído sobre la mujer. El teniente es rápido: cuando el Jamaiquino se incorpora, una de sus manos aferra a Numa por los pelos y la otra sostiene el revólver junto a su sien. Cuatro guardias con fusiles los rodean.

—¡Corran! —grita el Jamaiquino a los guardias—. Los otros están en el bosque. ¡Rápido! Se van a escapar. ¡Rápido!

—¡Quietos! —dice el teniente. No le quita los ojos de encima a Numa. Éste, con el rabillo del ojo, trata de localizar el revólver. Parece sereno; sus manos cuelgan a los lados.

—Sargento Lituma, amárrelo.

Lituma deja el fusil en el suelo y desenrolla la soga que tiene en la cintura. Ata a Numa de los pies y luego lo esposa. La cabra se ha aproximado, y después de oler las piernas de Numa, comienza a lamerlas, suavemente.

—Los caballos, sargento Lituma.

El teniente mete el revólver en la cartuchera y se inclina hacia la mujer. Le quita la venda y las amarras. Doña Merceditas se pone de pie, aparta a la cabra de un golpe en el lomo y se acerca a Numa. Le pasa la mano por la frente, sin decir nada.

—¿Qué te ha hecho? —dice Numa.

—Nada —dice la mujer—. ¿Quieres fumar?

—Teniente —insiste el Jamaiquino—. ¿Se da usted cuenta que ahí nomás, en el bosque, están los otros? ¿No los ha oído? Deben ser tres o cuatro, por lo menos. ¿Qué espera para mandar a buscarlos?

—Silencio, negro —dice el teniente, sin mirarlo. Prende un fósforo y enciende el cigarrillo que la mujer ha puesto en la boca de Numa. Éste comienza a chupar largas pitadas; tiene el cigarrillo entre los dientes y arroja el humo por la nariz—. He venido a buscar a éste. A nadie más.

—Bueno —dice el Jamaiquino—. Peor para usted si no sabe su oficio. Yo ya cumplí. Estoy libre.

—Sí —dice el teniente—. Estás libre.

—Los caballos, mi teniente —dice Lituma. Sujeta las riendas de cinco animales.

—Súbalo a su caballo, Lituma —dice el teniente—. Irá con usted.

El sargento y otro guardia cargan a Numa y, después de desatarle los pies, lo sientan en el caballo. Lituma monta tras él. El teniente se aproxima a los caballos y coge las riendas del suyo.

—Oiga, teniente, ¿con quién voy yo?

—¿Tú? —dice el teniente, con un pie en el estribo—. ¿Tú?

—Sí —dice el Jamaiquino—. ¿Quién si no yo?

—Estás libre —dice el teniente—. No tienes que venir con nosotros. Puedes ir donde quieras.

Lituma y los otros guardias, desde los caballos, ríen.

—¿Qué broma es ésta? —dice el Jamaiquino. Le tiembla la voz—. ¿No va a dejarme aquí, verdad, mi teniente?

Usted está oyendo esos ruidos ahí en el bosque. Yo me he portado bien. He cumplido. No puede hacerme eso.

—Si vamos rápido, sargento Lituma —dice el teniente—, llegaremos a Piura al amanecer. Por el arenal es preferible viajar de noche. Los animales se cansan menos.

—Mi teniente —grita el Jamaiquino; ha cogido las riendas del caballo del oficial y las agita, frenético—. ¡Usted no va a dejarme aquí! ¡No puede hacer una cosa tan perversa!

El teniente saca un pie del estribo y empuja al Jamaiquino, lejos.

—Tendremos que galopar de rato en rato —dice el teniente—. ¿Cree usted que llueva, sargento Lituma?

—No creo, mi teniente. El cielo está clarito.

—¡No puede irse sin mí! —clama el Jamaiquino, a voz en cuello.

La señora Merceditas comienza a reír a carcajadas, cogiéndose el estómago.

—Vamos —dice el teniente.

—¡Teniente! —grita el Jamaiquino—. ¡Teniente, le ruego!

Los caballos se alejan, despacio. El Jamaiquino los mira, atónito. La luz de la lámpara ilumina su cara desencajada. La señora Merceditas sigue riendo estruendosamente. De pronto, calla. Alza las manos hasta su boca, como una bocina.

—¡Numa! —grita—. Te llevaré fruta los domingos.

Luego, vuelve a reír, a grandes voces. En el bosquecillo brota un rumor de ramas y hojas secas que se quiebran.

El abuelo

Cada vez que crujía una ramita, o croaba una rana, o vibraban los vidrios de la cocina que estaba al fondo de la huerta, el viejecito saltaba con agilidad de su asiento improvisado, que era una piedra chata, y espiaba ansiosamente entre el follaje. Pero el niño aún no aparecía. A través de las ventanas del comedor, abiertas a la pérgola, veía en cambio las luces de la araña encendida hacía rato, y bajo ellas sombras imprecisas que se deslizaban de un lado a otro, con las cortinas, lentamente. Había sido corto de vista desde joven, de modo que eran inútiles sus esfuerzos por comprobar si ya cenaban o si aquellas sombras inquietas provenían de los árboles más altos.

Regresó a su asiento y esperó. La noche pasada había llovido y la tierra y las flores despedían un agradable olor a humedad. Pero los insectos pululaban, y los manoteos desesperados de don Eulogio en torno del rostro, no conseguían evitarlos: a su barbilla trémula, a su frente, y hasta las cavidades de sus párpados, llegaban a cada momento lancetas invisibles a punzarle la carne. El entusiasmo y la excitación que mantuvieron su cuerpo dispuesto y febril durante el día habían decaído, y sentía ahora cansancio y algo de tristeza. Le molestaba la oscuridad del vasto jardín y lo atormentaba la imagen, persistente, humillante, de alguien, quizá la cocinera o el mayordomo, que, de pronto, lo sorprendía en su escondrijo. «¿Qué hace usted en la huerta a estas horas, don Eulogio?» Y vendrían su hijo y su hija política, convencidos de que estaba loco. Sacudido por un temblor nervioso, volvió la cabeza y adivinó entre los macizos de crisantemos, de nardos y de rosales, el diminuto sendero que llegaba a la puerta falsa esquivando el palomar. Se tranquilizó apenas, al recordar haber comprobado tres veces que la puerta estaba junta, con el pestillo corrido, y que en unos segundos podía escurrirse hacia la calle sin ser visto.

«¿Y si hubiera venido ya?», pensó, intranquilo. Porque hubo un instante, a los pocos minutos de haber ingresado cautelosamente a su casa por la entrada casi olvidada de la huerta, en que perdió la noción del tiempo y permaneció como dormido. Sólo reaccionó cuando el objeto que ahora acariciaba sin saberlo, se desprendió de sus manos y le golpeó el muslo. Pero era imposible. El niño no podía haber cruzado la huerta todavía, porque sus pasos asustados lo hubieran despertado, o el pequeño, al distinguir a su abuelo, encogido y dormitando justamente al borde del sendero que debía conducirlo a la cocina, habría gritado.

Esta reflexión lo animó. El soplido del viento era menos fuerte, su cuerpo se adaptaba al ambiente, había dejado de temblar. Tentando los bolsillos de su saco, encontró el cuerpo duro y cilíndrico de la vela que compró esa tarde en el almacén de la esquina. Regocijado, el viejecito sonrió en la penumbra: rememoraba el gesto de sorpresa de la vendedora. Él había permanecido muy serio, taconeando con elegancia, batiendo levemente y en círculo su largo bastón enchapado en metal, mientras la mujer pasaba bajo sus ojos cirios y velas de diversos tamaños. «Ésta», dijo él, con un ademán rápido que quería significar molestia por el quehacer desagradable que cumplía. La vendedora insistió en envolverla, pero don Eulogio no aceptó y abandonó la tienda con premura. El resto de la tarde estuvo en el Club Nacional, encerrado en el pequeño salón del rocambor donde nunca había nadie. Sin embargo, extremando las precauciones para evitar la solicitud de los mozos, echó llave a la puerta. Luego, cómodamente hundido en el confortable de insólito color escarlata, abrió el maletín que traía consigo, y extrajo el precioso paquete. La tenía envuelta en su hermosa bufanda de seda blanca, precisamente la que llevaba puesta la tarde del hallazgo.

A la hora más cenicienta del crepúsculo había tomado un taxi, indicando al chofer que circulara por las afueras de la ciudad; corría una deliciosa brisa tibia, y la visión entre grisácea y rojiza del cielo sería más enigmática en medio del campo. Mientras el automóvil flotaba con suavidad por el asfalto, los ojitos vivaces del anciano, única señal ágil en su rostro fláccido, descolgado en bolsas, iban deslizándose distraídamente sobre el borde del canal paralelo a la carretera, cuando de pronto lo divisó.

«¡Deténgase!», dijo, pero el chofer no le oyó. «¡Deténgase! ¡Pare!» Cuando el auto se detuvo y, en retroceso, llegó al montículo de piedras, don Eulogio comprobó que se trataba, efectivamente, de una calavera. Teniéndola entre las manos, olvidó la brisa y el paisaje, y estudió minuciosamente, con creciente ansiedad, esa dura, terca y hostil forma impenetrable, despojada de carne y de piel, sin nariz, sin ojos, sin lengua. Era pequeña, y se sintió inclinado a creer que era de niño. Estaba sucia, polvorienta, y hería su cráneo pelado una abertura del tamaño de una moneda, con los bordes astillados. El orificio de la nariz era un perfecto triángulo, separado de la boca por un puente delgado y menos amarillo que el mentón. Se entretuvo pasando un dedo por las cuencas vacías, cubriendo el cráneo con la mano en forma de bonete, o hundiendo su puño por la cavidad baja, hasta tenerlo apoyado en el interior; entonces, sacando un nudillo por el triángulo, y otro por la boca a manera de una larga e incisiva lengüeta, imprimía a su mano movimientos sucesivos, y se divertía enormemente imaginando que aquello estaba vivo.

Dos días la tuvo oculta en un cajón de la cómoda, abultando el maletín de cuero, envuelta cuidadosamente, sin revelar a nadie su hallazgo. La tarde siguiente a la del encuentro permaneció en su habitación, paseando nerviosamente entre los muebles opulentos de sus antepasados. Casi no levantaba la cabeza; se diría que examinaba con devoción profunda y algo de pavor, los dibujos sangrientos y mágicos del círculo central de la alfombra, pero ni siquiera los veía. Al principio, estuvo indeciso, preocupado; podían sobrevenir complicaciones de familia, tal vez se reirían de él. Esta idea lo indignó y tuvo angustia y deseo de llorar. A partir de ese instante, el proyecto se apartó sólo una vez de su mente: fue cuando, de pie ante la ventana, vio el palomar oscuro, lleno de agujeros, y recordó que en una época aquella casita de madera con innumerables puertas no estaba vacía, sin vida,

sino habitada por animalitos grises y blancos que pico-
teaban con insistencia cruzando la madera de surcos y
que, a veces, revoloteaban sobre los árboles y las flores
de la huerta. Pensó con nostalgia en lo débiles y cariño-
sos que eran: confiadamente venían a posarse en su mano, donde siempre les llevaba algunos granos, y cuando
hacía presión entornaban los ojos y los sacudía un brevi-
simo temblor. Luego no pensó más en ello. Cuando el
mayordomo vino a anunciarle que estaba lista la cena, ya
lo tenía decidido. Esa noche durmió bien. A la mañana
siguiente olvidó haber soñado que una perversa fila de
grandes hormigas rojas invadía súbitamente el palomar y
causaba desasosiego entre los animalitos, mientras él,
desde su ventana, observaba la escena con un catalejo.

Había imaginado que limpiar la calavera sería algo
muy rápido, pero se equivocó. El polvo, lo que había
creído polvo y era tal vez excremento por su aliento pi-
cante, se mantenía soldado a las paredes internas y brillaba como una lámina de metal en la parte posterior del
cráneo. A medida que la seda blanca de la bufanda se cubría de lamparones grises, sin que desapareciera la capa
de suciedad, iba creciendo la excitación de don Eulogio.
En un momento, indignado, arrojó la calavera, pero antes que ésta dejara de rodar, se había arrepentido y estaba
fuera de su asiento, gateando por el suelo hasta alcanzar-
la y levantarla con precaución. Supuso entonces que la
limpieza sería posible utilizando alguna sustancia gra-
sienta. Por teléfono encargó a la cocina una lata de aceite
y esperó en la puerta al mozo a quien arrancó con violencia la lata de las manos, sin prestar atención a la mirada
inquieta con que aquél intentó recorrer la habitación por

sobre su hombro. Lleno de zozobra empapó la bufanda en aceite y, al comienzo con suavidad, después acelerando el ritmo, raspó hasta exasperarse. Pronto comprobó entusiasmado que el remedio era eficaz; una tenue lluvia de polvo cayó a sus pies, y él ni siquiera notaba que el aceite iba humedeciendo también el filo de sus puños y la manga de su saco. De pronto, puesto de pie de un brinco, admiró la calavera que sostenía sobre su cabeza, limpia, resplandeciente, inmóvil, con unos puntitos como de sudor sobre la ondulante superficie de los pómulos. La envolvió de nuevo, amorosamente; cerró su maletín y salió del Club Nacional. El automóvil que ocupó en la plaza San Martín lo dejó a la espalda de su casa, en Orrantia. Había anochecido. En la fría semioscuridad de la calle se detuvo un momento, temeroso de que la puerta estuviese clausurada. Enervado, estiró su brazo y dio un respingo de felicidad al notar que giraba la manija y la puerta cedía con un corto chirrido.

En ese momento escuchó voces en la pérgola. Estaba tan ensimismado, que incluso había olvidado el motivo de ese trajín febril. Las voces, el movimiento fueron tan imprevistos que su corazón parecía el balón de oxígeno conectado a un moribundo. Su primer impulso fue agacharse, pero lo hizo con torpeza, resbaló de la piedra y cayó de bruces. Sintió un dolor agudo en la frente y en la boca un sabor desagradable de tierra mojada, pero no hizo ningún esfuerzo por incorporarse y continuó allí, medio sepultado por las hierbas, respirando fatigosamente, temblando. En la caída había tenido tiempo de elevar la mano que conservaba la calavera, de modo que ésta se mantuvo en el aire, a escasos centímetros del suelo, todavía limpia.

La pérgola estaba a unos veinte metros de su escondite, y don Eulogio oía las voces como un delicado murmullo, sin distinguir lo que decían. Se incorporó trabajosamente. Espiando, vio entonces, en medio del arco de los grandes manzanos cuyas raíces tocaban el zócalo del comedor, una silueta clara y esbelta, y comprendió que era su hijo. Junto a él había otra, más nítida y pequeña, reclinada con cierto abandono. Era la mujer. Pestañeando, frotando sus ojos trató angustiosamente, pero en vano, de divisar al niño. Entonces lo oyó reír: una risa cristalina de niño, espontánea, integral, que cruzaba el jardín como un animalito. No esperó más; extrajo la vela de su saco, a tientas juntó ramas, terrones y piedrecitas, y trabajó rápidamente hasta asegurar la vela sobre las piedras y colocar a ésta, como un obstáculo, en medio del sendero. Luego, con extrema delicadeza, para evitar que la vela perdiera el equilibrio, colocó encima la calavera. Presa de gran excitación, uniendo sus pestañas al macizo cuerpo aceitado, se alegró: la medida era justa, por el orificio del cráneo asomaba el puntito blanco de la vela, como un nardo. No pudo continuar observando. El padre había elevado la voz y, aunque sus palabras eran todavía incomprensibles, supo que se dirigía al niño. Hubo como un cambio de palabras entre las tres personas: la voz gruesa del padre, cada vez más enérgica, el rumor melodioso de la mujer, los cortos gritos destemplados del nieto. El ruido cesó de pronto. El silencio fue brevísimo; lo fulminó el nieto, chillando: «Pero conste: hoy acaba el castigo. Dijiste siete días y hoy se acaba. Mañana ya no voy». Con las últimas palabras escuchó pasos precipitados.

¿Venía corriendo? Era el momento decisivo. Don Eulogio venció el ahogo que lo estrangulaba y concluyó su plan. El primer fósforo dio sólo un fugaz hilito azul. El segundo prendió bien. Quemándose las uñas, pero sin sentir dolor, lo mantuvo junto a la calavera, aun segundos después de que la vela estuviera encendida. Dudaba, porque lo que veía no era exactamente lo que había imaginado, cuando una llamarada súbita creció entre sus manos con brusco crujido, como de un pisotón en la hojarasca, y entonces quedó la calavera iluminada del todo, echando fuego por las cuencas, por el cráneo, por la nariz y por la boca. «Se ha prendido toda», exclamó maravillado. Había quedado inmóvil y repetía como un disco «fue el aceite, fue el aceite», estupefacto, embrujado ante la fascinante calavera enrollada por las llamas.

Justamente en ese instante escuchó el grito. Un grito salvaje, un alarido de animal atravesado por muchísimos venablos. El niño estaba ante él, las manos alargadas, los dedos crispados. Lívido, estremecido, tenía los ojos y la boca muy abiertos y estaba ahora mudo y rígido, pero su garganta, independientemente, hacía unos extraños ruidos roncos. «Me ha visto, me ha visto», se decía don Eulogio, con pánico. Pero al mirarlo supo de inmediato que no lo había visto, que su nieto no podía ver otra cosa que aquella cabeza llameante. Sus ojos estaban inmovilizados, con un terror profundo y eterno retratado en ellos. Todo había sido simultáneo: la llamarada, el aullido, la visión de esa figura de pantalón corto súbitamente poseída de terror. Pensaba entusiasmado que los hechos habían sido más perfectos incluso que su plan, cuando sintió voces y pasos que venían y entonces, ya sin cuidarse del ruido, dio media vuelta y, a saltos, apartándose del sendero, destrozando con sus pisadas los macizos de crisantemos y rosales que entreveía a medida que lo alcanzaban los reflejos de la llama, cruzó el espacio que lo separaba de la puerta. La atravesó junto con el grito de la mujer, estruendoso también, pero menos sincero que el de su nieto. No se detuvo, no volvió la cabeza. En la calle, un viento frío hendió su frente y sus escasos cabellos, pero no lo notó y siguió caminando, despacio, rozando con el hombro el muro de la huerta, sonriendo satisfecho, respirando mejor, más tranquilo.

Los cachorros

I

Todavía llevaban pantalón corto ese año, aún no fumábamos, entre todos los deportes preferían el fútbol y estábamos aprendiendo a correr olas, a zambullirnos desde el segundo trampolín del Terrazas, y eran traviesos, lampiños, curiosos, muy ágiles, voraces. Ese año, cuando Cuéllar entró al Colegio Champagnat.

Hermano Leoncio, ¿cierto que viene uno nuevo?, ¿para el tercero A, hermano? Sí, el hermano Leoncio apartaba de un manotón el moño que le cubría la cara, ahora a callar.

Apareció una mañana, a la hora de la formación, de la mano de su papá, y el hermano Lucio lo puso a la cabeza de la fila porque era más chiquito todavía que Rojas, y en la clase el hermano Leoncio lo sentó atrás, con nosotros, en esa carpeta vacía, jovencito. ¿Cómo se llamaba? Cuéllar, ¿y tú? Choto, ¿y tú? Chingolo, ¿y tú? Mañuco, ¿y tú? Lalo. ¿Miraflorino? Sí, desde el mes pasado, antes vivía en San Antonio y ahora en Mariscal Castilla, cerca del Cine Colina.

Era chanconcito (pero no sobón): la primera semana salió quinto y la siguiente tercero y después siempre primero hasta el accidente, ahí comenzó a flojear y a sacarse malas notas. Los catorce incas, Cuéllar, decía el hermano Leoncio, y él se los recitaba sin respirar, los Mandamientos, las tres estrofas del himno marista, la poesía *Mi bandera* de López Albújar: sin respirar. Qué trome, Cuéllar, le decía Lalo y el hermano muy buena memoria, jovencito, y a nosotros ¡aprendan, bellacos! Él se lustraba las uñas en la solapa del saco y miraba a toda la clase por encima del hombro, sobrándose (de a mentiras, en el fondo no era sobrado, sólo un poco loquibambio y juguetón. Y, además, buen compañero. Nos soplaba en los exámenes y en los recreos nos convidaba chupetes, ricacho, tofis, suertudo, le decía Choto, te dan más propina que a nosotros cuatro, y él por las buenas notas que se sacaba, y nosotros menos mal que eres buena gente, chanconcito, eso lo salvaba).

Las clases de la primaria terminaban a las cuatro, a las cuatro y diez el hermano Lucio hacía romper filas y a las cuatro y cuarto ellos estaban en la cancha de fútbol. Tiraban los maletines al pasto, los sacos, las corbatas, rápido Chingolo rápido, ponte en el arco antes que lo pesquen otros, y en su jaula Judas se volvía loco, guau, paraba el rabo, guau, guau, les mostraba los colmillos, guau guau guau, tiraba saltos mortales, guau guau guau guau, sacudía los alambres. Pucha diablo si se escapa un día, decía Chingolo, y Mañuco si se escapa hay que quedarse quietos, los daneses sólo mordían cuando olían que les tienes miedo, ¿quién te lo dijo?, mi viejo, y Choto yo me treparía al arco, así no lo alcanzaría, y Cuéllar sacaba su puñalito y chas chas lo soñaba, deslonjaba y enterrabaaaaauuuu, mirando al cielo, uuuuuaaaauuuuu, las dos manos en la boca, auauauauauuuuuu: ¿qué tal gritaba Tarzán? Jugaban apenas hasta las cinco pues a esa hora salía la media y a nosotros los grandes nos corrían de la cancha a las buenas o a las malas. Las lenguas afuera, sacudiéndonos y sudando recogían libros, sacos y corbatas y salíamos a la calle. Bajaban por la Diagonal haciendo pases de básquet con los maletines, chápate ésta papacito, cruzábamos el parque a la altura de Las Delicias, ¡la chapé!, ¿viste, mamacita?, y en la bodeguita de la esquina de D'Onofrio comprábamos barquillos, ¿de vainilla?, ¿mixtos?, echa un poco más, cholo, no estafes, un poquito de limón, tacaño, una yapita de fresa. Y después seguían bajando por la Diagonal, el Violín Gitano, sin hablar, la calle Porta, absortos en los helados, un semáforo, shhp chupando shhhp y saltando hasta el edificio San Nicolás y ahí Cuéllar se despedía, hombre, no te vayas todavía, vamos al Terrazas, le pedirían la pelota al Chino, ¿no quería jugar por la selección de la clase?, hermano, para eso había que entrenarse un poco, ven vamos anda, sólo hasta las seis, un partido de fulbito en el Terrazas, Cuéllar. No podía, su papá no lo dejaba, tenía que hacer las tareas. Lo acompañaban hasta su casa, ¿cómo iba a entrar al equipo de la clase si no se entrenaba?, y por fin acabábamos yéndonos al Terrazas solos. Buena gente pero muy chancón, decía Choto, por los estudios descuida el deporte, y Lalo no era culpa suya, su viejo debía ser un fregado, y Chingolo claro, él se moría por venir con ellos y Mañuco iba a estar bien difícil que entrara al equipo, no tenía físico, ni patada, ni resistencia, se cansaba ahí mismo, ni nada. Pero cabecea bien, decía Choto, y además era hincha nuestro, había que meterlo como sea decía Lalo, y Chingolo para que esté con nosotros y Mañuco sí, lo meteríamos, ¡aunque iba a estar más difícil!

Pero Cuéllar, que era terco y se moría por jugar en el equipo, se entrenó tanto en el verano que al año siguiente se ganó el puesto de interior izquierdo en la selección de la clase: *mens sana in corpore sano*, decía el hermano Agustín, ¿ya veíamos?, se puede ser buen deportista y aplicado en los estudios, que siguiéramos su ejemplo. ¿Cómo has hecho?, le decía Lalo, ¿de dónde esa cintura, esos pases, esa codicia de pelota, esos tiros al ángulo? Y él: lo había entrenado su primo el Chispas y su padre lo llevaba al Estadio todos los domingos y ahí, viendo a los craks, les aprendía los trucos, ¿captábamos? Se había pasado los tres meses sin ir a las matinés ni a las playas, sólo viendo y jugando fútbol mañana y tarde, toquen esas pantorrillas, ¿no se habían puesto duras? Sí, ha mejorado mucho, le decía Choto al hermano Lucio, de veras, y Lalo es un delantero ágil y trabajador, y Chingolo qué bien organizaba el ataque y, sobre todo, no perdía la moral, y Mañuco ¿vio cómo baja hasta el arco a buscar pelota cuando el enemigo va dominando, hermano Lucio?, hay que meterlo al equipo. Cuéllar se reía feliz, se soplaba las uñas y se las lustraba en la camiseta de cuarto A, mangas blancas y pechera azul: ya está, le decíamos, ya te metimos pero no te sobres.

En julio, para el campeonato interaños, el hermano Agustín autorizó al equipo de cuarto A a entrenarse dos veces por semana, los lunes y los viernes, a la hora de dibujo y música. Después del segundo recreo, cuando el patio quedaba vacío, mojadito por la garúa, lustrado como un chimpún nuevecito, los once seleccionados bajaban a la cancha, nos cambiábamos el uniforme y, con zapatos de fútbol y buzos negros, salían de los camarines en fila india, a paso gimnástico, encabezados por Lalo, el capitán. En todas las ventanas de las aulas aparecían caras envidiosas que espiaban sus carreras, había un vientecito frío que arrugaba las aguas de la piscina (¿tú te bañarías?, después del match, ahora no, brrr qué frío), sus saques, y movía las copas de los eucaliptos y ficus del parque que asomaban sobre el muro amarillo del colegio, sus penales y la mañana se iba volando: entrenamos regio, decía Cuéllar, bestial, ganaremos. Una hora después el hermano Lucio tocaba el silbato y, mientras se desaguaban las aulas y los años formaban en el patio, los seleccionados nos vestíamos para ir a sus casas a almorzar. Pero Cuéllar se demoraba porque (te copias todas las de los craks, decía Chingolo, ¿quién te crees?, ¿Toto Terry?) se metía siempre a la ducha después de los entrenamientos. A veces ellos se duchaban también, guau, pero ese día, guau guau, cuando Judas se apareció en la puerta de los camarines, guau guau guau, sólo Lalo y Cuéllar se estaban bañando: guau guau guau guau. Choto, Chingolo y Mañuco saltaron por las ventanas, Lalo chilló se escapó mira hermano y alcanzó a cerrar la puertecita de la ducha en el hocico mismo del danés. Ahí, encogido, losetas blancas, azulejos y chorritos de agua, temblando, oyó los ladridos de Judas, el llanto de Cuéllar, sus gritos, y oyó aullidos, saltos, choques, resbalones y después sólo ladridos, y un montón de tiempo después, les juro (pero cuánto, decía Chingolo, ¿dos minutos?, más hermano, y Choto ¿cinco?, más mucho más), el vozarrón del hermano Lucio, las lisuras de Leoncio (¿en español, Lalo?, sí, también en francés, ¿le entendías?, no, pero se imaginaba que eran lisuras, idiota, por la furia de su voz), los carambas, Dios mío, fueras, sapes, largo largo, la desesperación de los hermanos, su terrible susto. Abrió la puerta y ya se lo llevaban cargado, lo vio apenas entre las sotanas negras, ¿desmayado?, sí, ¿calato, Lalo?, sí y sangrando, hermano, palabra, qué horrible: el baño entero era purita sangre. Qué más, qué pasó después mientras yo me vestía, decía Lalo, y Chingolo el hermano Agustín y el hermano Lucio metieron a Cuéllar en la camioneta de la Dirección, los vimos desde la escalera, y Choto arrancaron a ochenta (Mañuco cien) por hora, tocando bocina y bocina como los bomberos, como una ambulancia. Mientras tanto el hermano Leoncio perseguía a Judas, que iba y venía por el patio dando brincos, volatines, lo agarraba y lo metía a su jaula y por entre los alambres (quería matarlo, decía Choto, si lo hubieras visto, asustaba) lo azotaba sin misericordia, colorado, el moño bailándole sobre la cara.

Esa semana, la misa del domingo, el rosario del viernes y las oraciones del principio y del fin de las clases fueron por el restablecimiento de Cuéllar, pero los hermanos se enfurecían si los alumnos hablaban entre ellos del accidente, nos chapaban y un cocacho, silencio, toma, castigado hasta las seis. Sin embargo, ése fue el único tema de conversación en los recreos y en las aulas, y el lunes siguiente cuando, a la salida del colegio, fueron a visitarlo a la Clínica Americana, vimos que no tenía nada en la cara ni en las manos. Estaba en un cuartito lindo, hola Cuéllar, paredes blancas y cortinas cremas, ¿ya te sanaste, cumpita?, junto a un jardín con florecitas, pasto y un árbol. Ellos lo estábamos vengando, Cuéllar, en cada recreo pedrada y pedrada contra la jaula de Judas y él bien hecho, prontito no le quedaría un hueso sano al desgraciado, se reía, cuando saliera iríamos al colegio de noche y entraríamos por los techos, viva el jovencito pam pam, el Águila Enmascarada chas chas, y le haríamos ver estrellas, de buen humor pero flaquito y pálido, a ese perro, como él a mí. Sentadas a la cabecera de Cuéllar había dos señoras que nos dieron chocolates y se salieron al jardín, corazón, quédate conversando con tus amiguitos, se fumarían un cigarrillo y volverían, la del vestido blanco es mi mamá, la otra una tía. Cuenta Cuéllar, hermanito, qué pasó, ¿le había dolido mucho?, muchísimo, ¿dónde lo había mordido?, ahí pues, y se muñequeó, ¿en la pichulita?, sí, coloradito, y se rió y nos reímos y las señoras desde la ventana adiós, adiós corazón, y a nosotros sólo un momentito más porque Cuéllar todavía no estaba curado y él chist, era un secreto, su viejo no quería, tampoco su vieja, que nadie supiera, mi cholo, mejor no digas nada, para qué, había sido en la pierna nomás, corazón ¿ya? La operación duró dos horas, les dijo, volvería al colegio dentro de diez días, fíjate cuántas vacaciones, qué más quieres, le había dicho el doctor. Nos fuimos y en la clase todos querían saber, ¿le cosieron la barriga, cierto?, ¿con aguja e hilo, cierto? Y Chingolo cómo se empavó cuando nos contó, ¿sería pecado hablar de eso?, Lalo no, qué iba a ser, a él su mamá le decía cada noche antes de acostarse: ¿ya te enjuagaste la boca, ya hiciste pipí?, y Mañuco pobre Cuéllar, qué dolor tendría, si un pelotazo ahí sueña a cualquiera cómo sería un mordisco y, sobre todo piensa en los colmillos que se gasta Judas, cojan piedras, vamos a la cancha, a la una, a las dos, a las tres, guau guau guau guau, ¿le gustaba?, desgraciado, que tomara y aprendiera. Pobre Cuéllar, decía Choto, ya no podría lucirse en el campeonato que empieza mañana, y Mañuco tanto entrenarse de balde y lo peor es que, decía Lalo, esto nos ha debilitado el equipo, hay que rajarse si no queremos quedar a la cola, muchachos, juren que se rajarán.

II

Sólo volvió al colegio después de Fiestas Patrias y, cosa rara, en vez de haber escarmentado con el fútbol (¿no era por el fútbol, en cierta forma, que lo mordió Judas?) vino más deportista que nunca. En cambio, los estudios comenzaron a importarle menos. Y se comprendía, ni tonto que fuera, ya no le hacía falta chancar: se presentaba a los exámenes con promedios muy bajos y los hermanos lo pasaban, malos ejercicios y óptimo, pésimas tareas y aprobado. Desde el accidente te soban, le decíamos, no sabías nada de quebrados y, qué tal raza, te pusieron dieciséis. Además, lo hacían ayudar en misa, Cuéllar lea el catecismo, llevar el gallardete del año en las procesiones, borre la pizarra, cantar en el coro, reparta las libretas, y los primeros viernes entraba al desayuno aunque no comulgara. Quién como tú, decía Choto, te das la gran vida, lástima que Judas no nos mordiera a nosotros, y él no era por eso: los hermanos lo sobaban de miedo a su viejo. Bandidos, qué le han hecho a mi hijo, les cierro el colegio, los mando a la cárcel, no saben quién soy, iba a matar a esa maldita fiera y al hermano director, calma, cálmese señor, lo sacudió del babero. Fue así, palabra, decía Cuéllar, su viejo se lo había contado a su vieja y aunque se secreteaban él, desde mi cama de la clínica, los oyó: era por eso que lo sobaban, nomás. ¿Del babero?, qué truquero, decía Lalo, y Chingolo a lo mejor era cierto, por algo había desaparecido el maldito animal. Lo habrán vendido, decíamos, se habrá escapado, se lo regalarían a alguien, y Cuéllar no, no, seguro que su viejo vino y lo mató, él siempre cumplía lo que prometía. Porque una mañana la jaula amaneció vacía y una semana después, en lugar de Judas, ¡cuatro conejitos blancos! Cuéllar, lléveles lechugas, ah compañerito, déles zanahorias, cómo te sobaban, cámbieles el agua y él feliz.

Pero no sólo los hermanos se habían puesto a mimarlo, también a sus viejos les dio por ahí. Ahora Cuéllar venía todas las tardes con nosotros al Terrazas a jugar fulbito (¿tu viejo ya no se enoja?, ya no, al contrario, siempre le preguntaba quién ganó el match, mi equipo, cuántos goles metiste, ¿tres?, ¡bravo!, y él no te molestes, mamá, se me rasgó la camisa jugando, fue casualidad, y ella sonsito, qué importaba, corazoncito, la muchacha se la cosería y te serviría para dentro de casa, que le diera un beso) y después nos íbamos a la cazuela del Excélsior, del Ricardo Palma o del Leuro a ver seriales, dramas impropios para señoritas, películas de Cantinflas y Tin Tan. A cada rato le aumentaban las propinas y me compran lo que quiero, nos decía, se los había metido al bolsillo a mis papás, me dan gusto en todo, los tenía aquí, se mueren por mí. Él fue el primero de los cinco en tener patines, bicicleta, motocicleta y ellos Cuéllar que tu viejo nos regale una copa para el campeonato, que los llevara a la piscina del Estadio a ver nadar a Merino y al Conejo Villarán y que nos recogiera en su auto a la salida de la vermouth, y su viejo nos la regalaba y los llevaba y nos recogía en su auto: sí, lo tenía aquí.

Por ese tiempo, no mucho después del accidente, comenzaron a decirle Pichulita. El apodo nació en la clase, ¿fue el sabido de Gumucio el que lo inventó?, claro, quién iba a ser, y al principio Cuéllar, hermano, lloraba, me están diciendo una mala palabra, como un marica, ¿quién?, ¿qué te dicen?, una cosa fea, hermano, le daba vergüenza repetírsela, tartamudeando y las lágrimas que se le saltaban, y después en los recreos los alumnos de otros años Pichulita qué hubo, y los mocos que se le salían, cómo estás, y él hermano, fíjese, corría donde Leoncio, Lucio, Agustín o el profesor Cañón Paredes: ése fue. Se quejaba y también se enfurecía, qué has dicho, Pichulita he dicho, blanco de cólera, maricón, temblándole las manos y la voz, a ver repite si te atreves, Pichulita, ya me atreví y qué pasaba y él entonces cerraba los ojos y, tal como le había aconsejado su papá, no te dejes muchacho, se lanzaba, rómpeles la jeta, y los desafiaba, le pisas el pie y bandangán, y se trompeaba, un sopapo, un cabezazo, un patadón, donde fuera, en la fila o en la cancha, lo mandas al suelo y se acabó, en la clase, en la capilla, no te fregarán más. Pero más se calentaba y más lo fastidiaban y una vez, era un escándalo, hermano, vino su padre echando chispas a la Dirección, martirizaban a su hijo y él no lo iba a permitir. Que tuviera pantalones, que castigara a esos mocosos o lo haría él, pondría a todo el mundo en su sitio, qué insolencia, un manotazo en la mesa, era el colmo, no faltaba más. Pero le habían pegado el apodo como una estampilla y, a pesar de los castigos de los hermanos, de los sean más humanos, ténganle un poco de piedad, del director, y a pesar de los llantos y las pataletas y las amenazas y golpes de Cuéllar, el apodo salió a la calle y poquito a poco fue corriendo por los barrios de Miraflores y nunca más pudo sacárselo de encima, pobre. Pichulita pasa la pelota, no seas angurriento, ¿cuánto te sacaste en álgebra, Pichulita?, te cambio una fruna, Pichulita, por una melcocha, y no dejes de venir mañana al paseo a Chosica, Pichulita, se bañarían en el río, los hermanos llevarían guantes y podrás boxear con Gumucio y vengarte, Pichulita, ¿tienes botas?, porque habría que trepar al cerro, Pichulita, y al regreso todavía alcanzarían la vermouth, Pichulita, ¿te gustaba el plan?

También a ellos, Cuéllar, que al comienzo nos cuidábamos, cumpa, comenzó a salírseles, viejo, contra nuestra voluntad, hermano, hincha, de repente Pichulita y él, colorado, ¿qué?, o pálido ¿tú también Chingolo?, abriendo mucho los ojos, hombre, perdón, no había sido con mala intención, ¿él también, su amigo también?, hombre, Cuéllar, que no se pusiera así, si todos se lo decían a uno se le contagiaba, ¿tú también, Choto?, y se le venía a la boca sin querer, ¿él también, Mañuco?, ¿así le decíamos por la espalda?, ¿se daba media vuelta y ellos Pichulita, cierto? No, qué ocurrencia, lo abrazábamos, palabra que nunca más y además por qué te enojas, hermanito, era un apodo como cualquier otro y por último, ¿al cojito Pérez no le dices tú Cojinoba y al bizco Rodríguez Virolo o Mirada Fatal y Pico de Oro al tartamudo Rivera? ¿Y no le decían a él Choto y a él Chingolo y a él Mañuco y a él Lalo? No te enojes, hermanón, sigue jugando, anda, te toca.

Poco a poco fue resignándose a su apodo y en sexto año ya no lloraba ni se ponía matón, se hacía el desentendido y a veces hasta bromeaba, Pichulita no ¡Pichulaza ja ja!, y en primero de media se había acostumbrado tanto que, más bien, cuando le decían Cuéllar se ponía serio y miraba con desconfianza, como dudando, ¿no sería burla? Hasta estiraba la mano a los nuevos amigos diciendo mucho gusto, Pichula Cuéllar a tus órdenes.

No a las muchachas, claro, sólo a los hombres. Porque en esa época, además de los deportes, ya se interesaban por las chicas. Habíamos comenzado a hacer bromas, en las clases, oye, ayer lo vi a Pirulo Martínez con su enamorada, en los recreos, se paseaban de la mano por el Malecón y de repente ¡pum, un chupete!, y a las salidas, ¿en la boca?, sí y se habían demorado un montón de rato besándose. Al poco tiempo, ése fue el tema principal de sus conversaciones. Quique Rojas tenía una hembrita mayor que él, rubia, de ojazos azules y el domingo Mañuco los vio entrar juntos a la matiné del Ricardo Palma y a la salida ella estaba despeinadísima, seguro habían tirado plan, y el otro día en la noche Choto lo pescó al venezolano de quinto, ese que le dicen Múcura por la bocaza, viejo, en un auto, con una mujer muy pintada y, por supuesto, estaban tirando plan, y tú, Lalo, ¿ya tiraste plan?, y tú, Pichulita, ja ja, y a Mañuco le gustaba la hermana de Perico Sáenz, y Choto iba a pagar un helado y la cartera se le cayó y tenía una foto de una Caperucita Roja en una fiesta infantil, ja ja, no te muñequees, Lalo, ya sabemos que te mueres por la flaca Rojas, y tú Pichulita ¿te mueres por alguien?, y él no, colorado, todavía, o pálido, no se moría por nadie, y tú y tú, ja ja.

Si salíamos a las cinco en punto y corríamos por la avenida Pardo como alma que lleva el diablo, alcanzaban justito la salida de las chicas del Colegio La Reparación. Nos parábamos en la esquina y fíjate, ahí estaban los ómnibus, eran las de tercero y la de la segunda ventana es la hermana del cholo Cánepa, chau, chau, y ésa, mira, háganle adiós, se rió, se rió y la chiquita nos contestó, adiós, adiós, pero no era para ti, mocosa, y ésa y ésa. A veces les llevábamos papelitos escritos y se los lanzaban a la volada, qué bonita eres, me gustan tus trenzas, el uniforme te queda mejor que a ninguna, tu amigo Lalo, cuidado, hombre, ya te vio la monja, las va a castigar, ¿cómo te llamas?, yo Mañuco, ¿vamos el domingo al cine?, que le contestara mañana con un papelito igual o haciéndome a la pasada del ómnibus con la cabeza que sí. Y tú Cuéllar, ¿no le gustaba ninguna?, sí, esa que se sienta atrás, ¿la cuatrojos?, no, no, la de al ladito, por qué no le escribía entonces, y él qué le ponía, a ver, a ver, ¿quieres ser mi amiga?, no, qué bobada, quería ser su amigo y le mandaba un beso, sí, esto estaba mejor, pero era corto, algo más conchudo, quiero ser tu amigo y le mandaba un beso y te adoro, ella sería la vaca y yo seré el toro, ja ja. Y ahora firma tu nombre y tu apellido y que le hiciera un dibujo, ¿por ejemplo cuál?, cualquiera, un torito, una florecita, una pichulita, y así se nos pasaban las tardes, correteando tras los ómnibus del Colegio La Reparación y, a veces, íbamos hasta la avenida Arequipa a ver a las chicas de uniformes blancos del Villa María, ¿acababan de hacer la primera comunión? les gritábamos, e incluso tomaban el Expreso y nos bajábamos en San Isidro para espiar a las del Santa Úrsula

y a las del Sagrado Corazón. Ya no jugábamos tanto fulbito como antes.

Cuando las fiestas de cumpleaños se convirtieron
en fiestas mixtas, ellos se quedaban en los jardines, simulando que jugaban a la pega tú la llevas, la berlina adivi-
na quién te dijo o matagente ¡te toqué!, mientras que
éramos puro ojos, puro oídos, ¿qué pasaba en el salón?,
¿qué hacían las chicas con esos agrandados, qué envidia,
que ya sabían bailar? Hasta que un día se decidieron a
aprender ellos también y entonces nos pasábamos sábados, domingos íntegros, bailando entre hombres, en casa de Lalo, no, en la mía que es más grande era mejor,
pero Choto tenía más discos, y Mañuco pero yo tengo a
mi hermana que puede enseñarnos y Cuéllar no, en la de
él, sus viejos ya sabían y un día toma, su mamá, corazón,
le regalaba ese pick-up, ¿para él solito?, sí, ¿no quería
aprender a bailar? Lo pondría en su cuarto y llamaría a
sus amiguitos y se encerraría con ellos cuanto quisiera y
también cómprate discos, corazón, anda a Discocentro,
y ellos fueron y escogimos huarachas, mambos, boleros y
valses y la cuenta la mandaban a su viejo, nomás, el señor
Cuéllar, dos ocho cinco Mariscal Castilla. El vals y el bolero eran fáciles, había que tener memoria y contar, uno
aquí, uno allá, la música no importaba tanto. Lo difícil
eran la huaracha, tenemos que aprender figuras, decía
Cuéllar, el mambo, y a dar vueltas y soltar a la pareja y
lucirnos. Casi al mismo tiempo aprendimos a bailar y a
fumar, tropezándonos, atorándose con el humo de los
Lucky y Viceroy, brincando hasta que, de repente, ya
hermano, lo agarraste, salía, no lo pierdas, muévete más,
mareándonos, tosiendo y escupiendo, ¿a ver, se lo había

pasado?, mentira, tenía el humo bajo la lengua, y Pichulita yo, que le contáramos a él, ¿habíamos visto?, ocho, nueve, diez, y ahora lo botaba: ¿sabía o no sabía golpear? Y también echarlo por la nariz y agacharse y dar una vueltecita y levantarse sin perder el ritmo.

Antes, lo que más nos gustaba en el mundo eran los deportes y el cine, y daban cualquier cosa por un match de fútbol, y ahora en cambio lo que más eran las chicas y el baile y por lo que dábamos cualquier cosa era una fiesta con discos de Pérez Prado y permiso de la dueña de la casa para fumar. Tenían fiestas casi todos los sábados y cuando no íbamos de invitados nos zampábamos y, antes de entrar, se metían a la bodega de la esquina y le pedíamos al chino, golpeando el mostrador con el puño: ¡cinco capitanes! Seco y volteado, decía Pichulita, así, glu glu, como hombres, como yo.

Cuando Pérez Prado llegó a Lima con su orquesta, fuimos a esperarlo a la Córpac, y Cuéllar, a ver quién se aventaba como yo, consiguió abrirse paso entre la multitud, llegó hasta él, lo cogió del saco y le gritó: «¡Rey del mambo!». Pérez Prado le sonrió y también me dio la mano, les juro, y le firmó su álbum de autógrafos, miren. Lo siguieron, confundidos en la caravana de hinchas, en el auto de Boby Lozano, hasta la plaza San Martín y, a pesar de la prohibición del arzobispo y de las advertencias de los hermanos del Colegio Champagnat, fuimos a la plaza de Acho, a Tribuna de Sol, a ver el campeonato nacional de mambo. Cada noche, en casa de Cuéllar, ponían Radio El Sol y escuchábamos, frenéticos, qué trompeta, hermano, qué ritmo, la audición de Pérez Prado, qué piano.

Ya usaban pantalones largos entonces, nos peinábamos con gomina y habían desarrollado, sobre todo Cuéllar, que de ser el más chiquito y el más enclenque de los cinco pasó a ser el más alto y el más fuerte. Te has vuelto un Tarzán, Pichulita, le decíamos, qué cuerpazo te echas al diario.

III

El primero en tener enamorada fue Lalo, cuando andábamos en tercero de media. Entró una noche al Cream Rica, muy risueño, ellos qué te pasa y él radiante, sobrado como un pavo real: le caí a Chabuca Molina, me dijo que sí. Fuimos a festejarlo al Chasqui y, al segundo vaso de cerveza, Lalo, qué le dijiste en tu declaración, Cuéllar comenzó a ponerse nerviosito, ¿le había agarrado la mano?, pesadito, qué había hecho Chabuca, Lalo, y preguntón ¿la besaste, di? Él nos contaba, contento, y ahora les tocaba a ellos, salud, hecho un caramelo de felicidad, a ver si nos apurábamos a tener enamorada y Cuéllar, golpeando la mesa con su vaso, cómo fue, qué dijo, qué le dijiste, qué hiciste. Pareces un cura, Pichulita, decía Lalo, me estás confesando y Cuéllar cuenta, cuenta, qué más. Se tomaron tres Cristales y, a medianoche, Pichulita se zampó. Recostado contra un poste, en plena avenida Larco, frente a la Asistencia Pública, vomitó: cabeza de pollo, le decíamos, y también qué desperdicio, botar así la cerveza con lo que costó, qué derroche. Pero él, nos traicionaste, no estaba con ganas de bromear, Lalo traidor, echando espuma, te adelantaste, buitreándose la camisa, caerle a una chica, el pantalón, y ni siquiera contarnos que la siriaba, Pichulita, agáchate un poco, te estás manchando hasta el alma, pero él nada, eso no se hacía, qué te importa que me manche, mal amigo, traidor. Después, mientras lo limpiábamos, se le fue la furia y se puso sentimental: ya nunca más te veríamos, Lalo. Se pasaría los domingos con Chabuca y nunca más nos buscarás, maricón. Y Lalo qué ocurrencia, hermano, la hembrita y los amigos eran dos cosas distintas pero no se oponen, no había que ser celoso, Pichulita, tranquilízate, y ellos dense la mano pero Cuéllar no quería, que Chabuca le diera la mano, yo no se la doy. Lo acompañamos hasta su casa y todo el camino estuvo murmurando cállate viejo y requintando, ya llegamos, entra despacito, despacito, pasito a paso como un ladrón, cuidadito, si haces bulla tus papis se despertarán y te pescarán. Pero él comenzó a gritar, a ver, a patear la puerta de su casa, que se despertaran y lo pescaran y qué iba a pasar, cobardes, que no nos fuéramos, él no les tenía miedo a sus viejos, que nos quedáramos y viéramos. Se ha picado, decía Mañuco, mientras corríamos hacia la Diagonal, dijiste le caí a Chabuca y mi cumpa cambió de cara y de humor, y Choto era envidia, por eso se emborrachó y Chingolo sus viejos lo iban a matar. Pero no le hicieron nada. ¿Quién te abrió la puerta?, mi mamá y ¿qué pasó?, le decíamos, ¿te pegó? No, se echó a llorar, corazón, cómo era posible, cómo iba a tomar licor a su edad, y también vino mi viejo y lo riñó, nomás, ¿no se repetiría nunca?, no papá, ¿le daba vergüenza lo que había hecho?, sí. Lo bañaron, lo acostaron y a la mañana siguiente les pidió perdón. También a Lalo, hermano, lo siento, ¿la cerveza se me subió, no?, ¿te insulté, te estuve fundiendo, no? No, qué adefesio, cosa de tragos, choca esos cinco y amigos, Pichulita, como antes, no pasó nada.

Pero pasó algo: Cuéllar comenzó a hacer locuras para llamar la atención. Lo festejaban y le seguíamos la cuerda, ¿a que me robo el carro del viejo y nos íbamos a dar curvas a la Costanera, muchachos?, a que no hermano, y él se sacaba el Chevrolet de su papá y se iban a la Costanera; ¿a que bato el récord de Boby Lozano?, a que no hermano, y él vsssst por el Malecón vsssst desde Benavides hasta la Quebrada vsssst en dos minutos cincuenta, ¿lo batí?, sí y Mañuco se persignó, lo batiste, y tú qué miedo tuviste, rosquetón; ¿a que nos invitaba al Oh, Qué Bueno y hacíamos perro muerto?, a que no hermano, y ellos iban al Oh, Qué Bueno, nos atragantábamos de *hamburgers* y de *milk shakes*, partían uno por uno y desde la iglesia de Santa María veíamos a Cuéllar hacerle un quite al mozo y escapar ¿qué les dije?, ¿a que me vuelo todos los vidrios de esa casa con la escopeta de perdigones de mi viejo?, a que no, Pichulita, y él se los volaba. Se hacía el loco para impresionar, pero también para ¿viste, viste? sacarle cachita a Lalo, tú no te atreviste y yo sí me atreví. No le perdona la de Chabuca, decíamos, qué odio le tiene.

En cuarto de media, Choto le cayó a Fina Salas y le dijo que sí, y Mañuco a Pusy Lañas y también que sí. Cuéllar se encerró en su casa un mes y en el colegio apenas si los saludaba, oye, qué te pasa, nada, ¿por qué no nos buscaba, por qué no salía con ellos?, no le provocaba salir. Se hace el misterioso, decían, el interesante, el torcido, el resentido. Pero poco a poco se conformó y volvió al grupo. Los domingos, Chingolo y él se iban solos a la matiné (solteritos, les decíamos, viuditos), y después mataban el tiempo de cualquier manera, aplanando calles, sin hablar o apenas vamos por aquí, por allá, las manos en los bolsillos, oyendo discos en casa de Cuéllar, leyendo chistes o jugando naipes, y a las nueve se caían por el parque Salazar a buscar a los otros, que a esa hora ya estábamos despidiendo a las enamoradas. ¿Tiraron buen plan?, decía Cuéllar, mientras nos quitábamos los sacos, se aflojaban las corbatas y nos remangábamos los puños en el billar de la alameda Ricardo Palma, ¿un plancito firme, muchachos?, la voz enferma de pica, envidia y malhumor, y ellos cállate, juguemos, ¿mano, lengua?, pestañeando como si el humo y la luz de los focos le hincharan los ojos, y nosotros ¿le daba cólera, Pichulita?, ¿por qué en vez de picarse no se conseguía una hembrita y paraba de fregar?, y él ¿se chupetearon?, tosiendo y escupiendo como un borracho, ¿hasta atorarse?, taconeando, ¿les levantaron la falda, les metimos el dedito?, y ellos la envidia lo corroía, Pichulita, ¿bien riquito, bien bonito?, lo enloquecía, mejor se callaba y empezaba. Pero él seguía, incansable, ya, ahora en serio, ¿qué les habíamos hecho?, ¿las muchachas se dejaban besar cuánto tiempo?, ¿otra vez, hermano?, cállate, ya se ponía pesado, y una vez Lalo se enojó: mierda, iba a partirle la jeta, hablaba como si las enamoradas fueran cholitas de plan. Los separamos y los hicieron amistar, pero Cuéllar no podía, era más fuerte que él, cada domingo con la misma vaina: a ver ¿cómo les fue?, que contáramos, ¿rico el plan?

En quinto de media, Chingolo le cayó a la Bebe Romero y le dijo que no, a la Tula Ramírez y que no, a la China Saldívar y que sí: a la tercera va la vencida, decía, el que la sigue la consigue, feliz. Lo festejamos en el barcito de los cachascanistas de la calle San Martín. Mudo, encogido, triste en su silla del rincón, Cuéllar se aventaba capitán tras capitán: no pongas esa cara, hermano, ahora le tocaba a él. Que se escogiera una hembrita y le cayera, le decíamos, te haremos el bajo, lo ayudaríamos y nuestras enamoradas también. Sí, sí, ya escogería, capitán tras capitán y, de repente, chau, se paró: estaba cansado, me voy a dormir. Si se quedaba iba a llorar, decía Mañuco, y Choto estaba que se aguantaba las ganas, y Chingolo si no lloraba le daba una pataleta como la otra vez. Y Lalo: había que ayudarlo, lo decía en serio, le conseguiríamos una hembrita aunque fuera feíta, y se le quitaría el complejo. Sí, sí, lo ayudaríamos, era buena gente, un poco fregado a veces pero en su caso cualquiera, se le comprendía, se le perdonaba, se le extrañaba, se le quería, tomemos a su salud, Pichulita, choquen los vasos, por ti.

Desde entonces, Cuéllar se iba solo a la matiné los domingos y días feriados —lo veíamos en la oscuridad de la platea, sentadito en las filas de atrás, encendiendo pucho tras pucho, espiando a la disimulada a las parejas que tiraban plan—, y se reunía con ellos nada más que en las noches, en el billar, en el Bransa, en el Cream Rica, la cara amarga, ¿qué tal domingo? y la voz ácida, él muy bien y ustedes me imagino que requetebién ¿no?

Pero en el verano ya se le había pasado el colerón; íbamos juntos a la playa —a La Herradura, ya no a Miraflores—, en el auto que sus viejos le habían regalado por Navidad, un Ford convertible que tenía el escape abierto, no respetaba los semáforos y ensordecía, asustaba a los transeúntes. Mal que mal, se había hecho amigo de las chicas y se llevaba bien con ellas, a pesar de que siempre, Cuéllar, lo andaban fundiendo con la misma cosa: ¿por qué no le caes a alguna muchacha de una vez? Así serían cinco parejas y saldríamos en patota todo el tiempo y estarían para arriba y para abajo juntos ¿por qué no lo haces? Cuéllar se defendía bromeando, no porque entonces ya no cabrían todos en el poderoso Ford y una de ustedes sería la sacrificada, despistando, ¿acaso nueve no íbamos apachurrados? En serio, decía Pusy, todos tenían enamorada y él no, ¿no te cansas de tocar violín? Que le cayera a la flaca Gamio, se muere por ti, se lo había confesado el otro día, donde la China, jugando a la berlina, ¿no te gusta? Cáele, le haríamos corralito, lo aceptaría, decídete. Pero él no quería tener enamorada y ponía cara de forajido, prefiero mi libertad, y de conquistador, solterito se estaba mejor. Tu libertad para qué, decía la China, ¿para hacer barbaridades?, y Chabuca ¿para irse de plancito?, y Pusy ¿con huachafitas?, y él cara de misterioso, a lo mejor, de cafiche, a lo mejor y de vicioso: podía ser. ¿Por qué ya nunca vienes a nuestras fiestas?, decía Fina, antes venías a todas y eras tan alegre y bailabas tan bien, ¿qué te pasó, Cuéllar? Y Chabuca que no fuera aguado, ven y así un día encontrarás una chica que te guste y le caerás. Pero él ni de a vainas, de perdido, nuestras fiestas lo aburrían, de sobrado avejentado, no iba porque tenía otras mejores donde me divierto más. Lo que pasa es que no te gustan las chicas decentes, decían ellas, y él como amigas claro que sí, y ellas sólo las cholas, las medio pelo, las bandidas y, de pronto, Pichulita, sssí le gggggustabbbban, comenzaba, las chicccas decenttttes, a tartamudear, sssólo qqqque la flacca Gamio nnno, ellas ya te muñequeaste y él adddemás no habbbbía tiempo por los exámmmmenes y ellos déjenlo en paz, salíamos en su defensa, no lo van a convencer, él tenía sus plancitos, sus secretitos, apúrate hermano, mira qué sol, La Herradura debe estar que arde, hunde la pata, hazlo volar al poderoso Ford.

Nos bañábamos frente a Las Gaviotas y, mientras las cuatro parejas se asoleaban en la arena, Cuéllar se lucía corriendo olas. A ver esa que se está formando, decía Chabuca, ésa tan grandaza ¿podrás? Pichulita se paraba de un salto, le había dado en la yema del gusto, en eso al menos podía ganarnos: lo iba a intentar, Chabuquita, mira. Se precipitaba —corría sacando pecho, echando la cabeza atrás—, se zambullía, avanzaba braceando lindo, pataleando parejito, qué bien nada decía Pusy, alcanzaba el tumbo cuando iba a reventar, fíjate la va a correr, se atrevió decía la China, se ponía a flote y metiendo apenas la cabeza, un brazo tieso y el otro golpeando, jalando el agua como un campeón, lo veíamos subir hasta la cresta de la ola, caer con ella, desaparecer en un estruendo de espuma, fíjense fíjense, en una de ésas lo va a revolcar decía Fina, y lo veían reaparecer y venir arrastrado por la ola, el cuerpo arqueado, la cabeza afuera, los pies cruzados en el aire, y lo veíamos llegar hasta la orilla suavecito, empujadito por los tumbos.

Qué bien las corre, decían ellas mientras Cuéllar se revolvía contra la resaca, nos hacía adiós y de nuevo se arreaba al mar, era tan simpático, y también pintón, ¿por qué no tenía enamorada? Ellos se miraban de reojo, Lalo se reía, Fina qué les pasa, a qué venían esas carcajadas, cuenten, Choto enrojecía, venían porque sí, de nada y además de qué hablas, qué carcajadas, ella no te hagas y él no, si no se hacía, palabra. No tenía porque es tímido, decía Chingolo, y Pusy no era, qué iba a ser, más bien un fresco, y Chabuca ¿entonces por qué? Está buscando pero no encuentra, decía Lalo, ya le caerá a alguna, y la China falso, no estaba buscando, no iba nunca a fiestas, y Chabuca ¿entonces por qué? Sabe, decía Lalo, se cortaba la cabeza que sí, sabían y se hacían las que no, ¿para qué?, para sonsacarles, si no supieran por qué tantos por qué, tanta mirada rarita, tanta malicia en la voz. Y Choto: no, te equivocas, no sabían, eran preguntas inocentes, las muchachas se compadecían de que no tuviera hembrita a su edad, les da pena que ande solo, lo querían ayudar. Tal vez no saben pero cualquier día van a saber, decía Chingolo, y será su culpa ¿qué le costaba caerle a alguna aunque fuera sólo para despistar?, y Chabuca ¿entonces por qué?, y Mañuco qué te importa, no lo fundas tanto, el día menos pensado se enamoraría, ya vería, y ahora cállense que ahí está.

A medida que pasaban los días, Cuéllar se volvía más huraño con las muchachas, más lacónico y esquivo. También más loco: aguó la fiesta de cumpleaños de Pusy arrojando una sarta de cuetes por la ventana, ella se echó a llorar y Mañuco se enojó, fue a buscarlo, se trompearon, Pichulita le pegó. Tardamos una semana en hacerlos amistar, perdón Mañuco, caray, no sé qué me pasó, hermano, nada, más bien yo te pido perdón, Pichulita, por haberme calentado, ven ven, también Pusy te perdonó y quiere verte; se presentó borracho en la Misa de Gallo y Lalo y Choto tuvieron que sacarlo en peso al parque, suéltenme, delirando, le importaba un pito, buitreando, quisiera tener un revólver, ¿para qué, hermanito?, con diablos azules, ¿para matarnos?, sí y lo mismo a ese que pasa pam pam y a ti y a mí también pam pam; un domingo invadió la *pelouse* del hipódromo y con su Ford ffffuumm embestía a la gente ffffuumm que chillaba y saltaba las barreras, aterrada, ffffuum. En los carnavales, las chicas le huían: las bombardeaba con proyectiles hediondos, cascarones, frutas podridas, globos inflados con pipí y las refregaba con barro, tinta, harina, jabón (de lavar ollas) y betún: salvaje, le decían, cochino, bruto, animal, y se aparecía en la fiesta del Terrazas, en el infantil del parque de Barranco, en el baile del Lawn Tennis, sin disfraz, un chisguete de éter en cada mano, píquiti píquiti juas, le di, le di en los ojos, ja ja, píquiti píquiti juas, la dejé ciega, ja ja, o armado con un bastón para enredarlo en los pies de las parejas y echarlas al suelo: bandangán. Se trompeaba, le pegaban, a veces lo defendíamos pero no escarmienta con nada, decíamos, en una de éstas lo van a matar.

Sus locuras le dieron mala fama y Chingolo, hermano, tienes que cambiar, Choto, Pichulita, te estás volviendo antipático, Mañuco, las chicas ya no querían juntarse con él, te creían un bandido, un sobrado y un pesado. Él, a veces tristón, era la última vez, cambiaría, palabra de honor, y a veces matón, ¿bandido, ah, sí?, ¿eso decían de mí las rajonas?, no le importaba, las pituquitas se las pasaba, le resbalaban, por aquí.

En la fiesta de promoción —de etiqueta, dos orquestas, en el Country Club—, el único ausente de la clase fue Cuéllar. No seas tonto, le decíamos, tienes que venir, nosotros te buscamos una hembrita, Pusy ya le habló a Margot, Fina a Ilse, la China a Elena, Chabuca a Flora, todas querían, se morían por ser tu pareja, escoge y ven a la fiesta. Pero él no, qué ridículo ponerse smoking, no iría, que más bien nos juntáramos después. Bueno Pichulita, como quisiera, que no fuera, eres contra el tren, que nos esperara en El Chasqui, a las dos, dejaríamos a las muchachas en sus casas, lo recogeríamos y nos iríamos a tomar unos tragos, a dar unas vueltas por ahí, y él tristoncito eso sí.

IV

Al año siguiente, cuando Chingolo y Mañuco estaban ya en primero de Ingeniería, Lalo en Pre-Médicas y Choto comenzaba a trabajar en la Casa Wiese y Chabuca ya no era enamorada de Lalo sino de Chingolo y la China ya no de Chingolo sino de Lalo, llegó a Miraflores Teresita Arrarte: Cuéllar la vio y, por un tiempo al menos, cambió. De la noche a la mañana dejó de hacer locuras y de andar en mangas de camisa, el pantalón chorreado y la peluca revuelta. Empezó a ponerse corbata y saco, a peinarse con montaña a lo Elvis Presley y a lustrarse los zapatos: qué te pasa, Pichulita, estás que no se te reconoce, tranquilo chino. Y él nada, de buen humor, no me pasa nada, había que cuidar un poco la pinta ¿no?, soplándose, sobándose las uñas, parecía el de antes. Qué alegrón, hermano, le decíamos, qué revolución verte así, ¿no será que?, y él, como una melcocha, a lo mejor. ¿Teresita?, de repente pues, ¿le gustaba?, puede que sí, como un chicle, puede que sí.

De nuevo se volvió sociable, casi tanto como de chiquito. Los domingos aparecía en la misa de doce (a veces lo veíamos comulgar) y a la salida se acercaba a las muchachas del barrio ¿cómo están?, qué hay Teresita, ¿íbamos al parque?, que nos sentáramos en esa banca que había sombrita. En las tardes, al oscurecer, bajaba a la pista de patinaje y se caía y se levantaba, chistoso y conversador, ven ven Teresita, él le iba a enseñar, ¿y si se caía?, no qué va, él le daría la mano, ven ven, una vueltecita nomás, y ella bueno, coloradita y coqueta, una sola pero despacito, rubiecita, potoncita y con sus dientes de ratón, vamos pues. Le dio también por frecuentar el Regatas, papá, que se hiciera socio, todos sus amigos iban y su viejo okey, compraré una acción, ¿iba a ser boga, muchacho?, sí, y el Bowling de la Diagonal. Hasta se daba sus vueltas los domingos en la tarde por el parque Salazar, y se lo veía siempre risueño, Teresita ¿sabía en qué se parecía un elefante a Jesús?, servicial, ten mis anteojos, Teresita, hay mucho sol, hablador, ¿qué novedades, Teresita, por tu casa todos bien? y convidador ¿un *hot dog*, Teresita, un sandwichito, un *milk shake*?

Ya está, decía Fina, le llegó su hora, se enamoró. Y Chabuca qué templado estaba, la miraba a Teresita y se le caía la baba, y ellos en las noches, alrededor de la mesa de billar, mientras lo esperábamos ¿le caerá?, Choto ¿se atreverá?, y Chingolo ¿Tere sabrá? Pero nadie se lo preguntaba de frente y él no se daba por enterado con las indirectas, ¿viste a Teresita?, sí, ¿fueron al cine?, a la de Ava Gardner, a la matiné, ¿y qué tal?, buena, bestial, que fuéramos, no se la pierdan. Se quitaba el saco, se arremangaba la camisa, cogía el taco, pedía cerveza para los cinco, jugaba y una noche, luego de una carambola real, a media voz, sin mirarnos: ya está, lo iban a curar. Marcó sus puntos, lo iban a operar, y ellos ¿qué decía, Pichulita?, ¿de veras te van a operar?, y él como quien no quiere la cosa ¿qué bien, no? Se podía, sí, no aquí sino en

Nueva York, su viejo lo iba a llevar, y nosotros qué magnífico, hermano, qué formidable, qué notición, ¿cuándo iba a viajar?, y él pronto, dentro de un mes, a Nueva York, y ellos que se riera, canta, chilla, ponte feliz, hermanito, qué alegrón. Sólo que no era seguro todavía, había que esperar una respuesta del doctor, mi viejo ya le escribió, no un doctor sino un sabio, un cráneo de esos que tienen allá y él, papá, ¿ya llegó?, no, y al día siguiente ¿hubo correo, mamá?, no corazón, cálmate, ya llegará, no había que ser impaciente y por fin llegó y su viejo lo agarró del hombro: no, no se podía, muchacho, había que tener valor. Hombre, qué lástima, le decían ellos, y él pero puede que en otras partes sí, en Alemania por ejemplo, en París, en Londres, su viejo iba a averiguar, a escribir mil cartas, se gastaría lo que no tenía, muchacho, y viajaría, lo operarían y se curaría, y nosotros claro, hermanito, claro que sí, y cuando se iba, pobrecito, daban ganas de llorar. Choto: en qué maldita hora vino Teresita al barrio, y Chingolo él se había conformado y ahora está desesperado y Mañuco pero a lo mejor más tarde, la ciencia adelantaba tanto ¿no es cierto?, descubrirían algo y Lalo no, su tío el médico le había dicho no, no hay forma, no tiene remedio y Cuéllar ¿ya papá?, todavía, ¿de París, mamá?, ¿y si de repente en Roma?, ¿de Alemania, ya?

Y, entretanto, comenzó de nuevo a ir a fiestas y, como para borrar la mala fama que se había ganado con sus locuras de rocanrolero y comprarse a las familias, se portaba en los cumpleaños y salchichaparties como un muchacho modelo: llegaba puntual y sin tragos, un regalito en la mano, Chabuquita, para ti, feliz cumplete, y estas flores para tu mamá, dime ¿vino Teresita? Bailaba muy tieso, muy correcto, pareces un viejo, no apretaba a su pareja, a las chicas que planchaban ven gordita vamos a bailar, y conversaba con las mamás, los papás, y atendía sírvase señora a las tías, ¿le paso un juguito?, a los tíos ¿un traguito?, galante, qué bonito su collar, cómo brillaba su anillo, locuaz, ¿fue a las carreras, señor, cuándo se saca el pollón? y piropeador, es usted una criolla de rompe y raja, señora, que le enseñara a quebrar así, don Joaquín, qué daría por bailar así.

Cuando estábamos conversando, sentados en una banca del parque, y llegaba Teresita Arrarte, en una mesa del Cream Rica, Cuéllar cambiaba, o en el barrio, de conversación: quiere asombrarla, decían, hacerse pasar por un cráneo, la trabaja por la admiración.

Hablaba de cosas raras y difíciles: la religión (¿Dios que era todopoderoso podía acaso matarse siendo inmortal?, a ver, quién de nosotros resolvía el truco), la política (Hitler no fue tan loco como contaban, en unos añitos hizo de Alemania un país que se le empató a todo el mundo ¿no?, qué pensaban ellos), el espiritismo (no era cosa de superstición sino ciencia, en Francia había médiums en la universidad y no sólo llaman a las almas, también las fotografían, él había visto un libro, Teresita, si quería lo conseguía y te lo presto). Anunció que iba a estudiar: el año próximo entraría a la Católica y ella disforzada qué bien, ¿qué carrera iba a seguir? y le metía por los ojos sus manitas blancas, seguiría abogacía, sus deditos gordos y sus uñas largas, ¿abogacía? ¡uy, qué feo!, pintadas color natural, entristeciéndose y él pero no para ser picapleitos sino para entrar a Torre Tagle y ser diplomático, alegrándose, manitas, ojos, pestañas, y él sí, el ministro era amigo de su viejo, ya le había hablado, ¿diplomático?, boquita, ¡uy, qué lindo! y él, derritiéndose, muriéndose, por supuesto, se viajaba tanto, y ella también eso y además uno se pasaba la vida en fiestas: ojitos.

El amor hace milagros, decía Pusy, qué formalito se ha puesto, qué caballerito. Y la China: pero era un amor de lo más raro, ¿si estaba tan templado de Tere por qué no le caía de una vez?, y Chabuca eso mismo ¿qué esperaba?, ya hacía más de dos meses que la perseguía y hasta ahora mucho ruido y pocas nueces, qué tal plan. Ellos, entre ellos, ¿sabrán o se harán?, pero frente a ellas lo defendíamos disimulando: despacito se iba lejos, muchachas. Es cosa de orgullo, decía Chingolo, no querrá arriesgarse hasta estar seguro que lo va a aceptar. Pero claro que lo iba a aceptar, decía Fina, ¿no le hacía ojitos, mira a Lalo y la China qué acarameladitos, y le lanzaba indirectas, qué bien patinas, qué rica tu chompa, qué abrigadita y hasta se le declaraba jugando, mi pareja serás tú? Justamente por eso desconfía, decía Mañuco, con las coquetas como Tere nunca se sabía, parecía y después no. Pero Fina y Pusy no, mentira, ellas le habían preguntado ¿lo aceptarás? y ella dio a entender que sí, y Chabuca ¿acaso no salía tanto con él, en las fiestas no bailaba sólo con él, en el cine con quién se sentaba sino con él? Más claro no cantaba un gallo: se muere por él. Y la China más bien tanto esperar que le cayera se iba a cansar, aconséjenle que de una vez y si quería una oportunidad se la daríamos, una fiestecita por ejemplo el sábado, bailarían un ratito, en mi casa o en la de Chabuca o donde Fina, nos saldríamos al jardín y los dejarían solos a los dos, qué más podía pedir. Y en el billar: no sabían, qué inocentes, o qué hipócritas, sí sabían y se hacían.

Las cosas no pueden seguir así, dijo Lalo un día, lo tenía como a un perro, Pichulita se iba a volver loco, se podía hasta morir de amor, hagamos algo, ellos sí pero qué, y Mañuco averiguar si de veras Tere se muere por él o era cosa de coquetería. Fueron a su casa, le preguntamos, pero ella sabía las de Quico y Caco, nos come a los cuatro juntos, decían. ¿Cuéllar?, sentadita en el balcón de su casa, pero ustedes no le dicen Cuéllar sino una palabrota fea, balanceándose para que la luz del poste le diera en las piernas, ¿se muere por mí?, no estaban mal, ¿cómo sabíamos? Y Choto no te hagas, lo sabía y ellos también y las chicas y por todo Miraflores lo decían y ella, ojos, boca, naricita, ¿de veras?, como si viera a un marciano: primera noticia. Y Mañuco anda Teresita, que fuera franca, a calzón quitado, ¿no se daba cuenta cómo la miraba? Y ella ay, ay, ay, palmoteando, manitas, dientes, zapatitos, que miráramos, ¡una mariposa!, que corriéramos, la cogiéramos y se la trajéramos. La miraría, sí, pero como un amigo y, además, qué bonita, tocándole las alitas, deditos, uñas, vocecita, la mataron, pobrecita, nunca le decía nada. Y ellos qué cuento, qué mentira, algo le diría, por lo menos la piropearía y ella no, palabra, en su jardín le haría un huequito y la enterraría, un rulito, el cuello, las orejitas, nunca, nos juraba. Y Chingolo ¿no se daba cuenta acaso cómo la seguía?, y Teresita la seguiría pero como amigo, ay, ay, ay, zapateando, puñitos, ojazos, no estaba muerta la bandida ¡se voló!, cintura y tetitas, pues, si no, siquiera le habría agarrado la mano ¿no? o mejor dicho intentado ¿no?, ahí está, ahí, que corriéramos, o se le habría declarado ¿no?, y de nuevo la cogiéramos: es que es tímido, decía Lalo, tenla pero, cuidado, te vas a manchar, y no sabe si lo aceptarás, Teresita, ¿lo iba a aceptar? y ella aj, aj, arruguitas, frentecita, la mataron y la apachurraron, un hoyito en los cachetes, pestañitas, cejas, ¿a quién? y nosotros cómo a quién y ella mejor la botaba, así como estaba, toda apachurrada, para qué la iba a enterrar: hombritos. ¿Cuéllar?, y Mañuco sí, ¿le daba bola?, no sabía todavía y Choto entonces sí le gustaba, Teresita, sí le daba bola, y ella no había dicho eso, sólo que no sabía, ya vería si se presentaba la ocasión pero seguro que no se presentaría y ellos a que sí. Y Lalo ¿le parecía pintón?, y ella ¿Cuéllar?, codos, rodillas, sí, era un poquito pintón ¿no? y nosotros ¿ves, ves cómo le gustaba? y ella no había dicho eso, no, que no le hiciéramos trampas, miren, la mariposita brillaba entre los geranios del jardín ¿o era otro bichito?, la punta del dedito, el pie, un taconcito blanco. Pero por qué tenía ese apodo tan feo, éramos muy malcriados, por qué no le pusieron algo bonito como al Pollo, a Boby, a Supermán o al Conejo Villarán, y nosotros sí le daba, sí le daba ¿veía?, lo compadecía por su apodo, entonces sí lo quería, Teresita, y ella ¿quería?, un poquito, ojos, carcajadita, sólo como amigo, claro.

Se hace la que no, decíamos, pero no hay duda que sí: que Pichulita le caiga y se acabó, hablémosle. Pero era difícil y no se atrevían.

Y Cuéllar, por su parte, tampoco se decidía: seguía noche y día detrás de Teresita Arrarte, contemplándola, haciéndole gracias, mimos y en Miraflores los que no sabían se burlaban de él, calentador, le decían, pura pinta, perrito faldero y las chicas le cantaban *Hasta cuando, hasta cuando* para avergonzarlo y animarlo. Entonces, una noche lo llevamos al Cine Barranco y, al salir, hermano, vámonos a La Herradura en tu poderoso Ford y él okey, se tomarían unas cervezas y jugarían futbolín, regio. Fuimos en su poderoso Ford, roncando, patinando en las esquinas y en el Malecón de Chorrillos un cachaco los paró, íbamos a más de cien, señor, cholito, no seas así, no había que ser malito, y nos pidió brevete y tuvieron que darle una libra, ¿señor?, tómate unos piscos a nuestra salud, cholito, no hay que ser malito, y en La Herradura bajaron y se sentaron en una mesa de El Nacional: qué cholada, hermano, pero esa huachafita no estaba mal y cómo bailan, era más chistoso que el circo. Nos tomamos dos Cristales y no se atrevían, cuatro y nada, seis y Lalo comenzó. Soy tu amigo, Pichulita, y él se rió ¿borracho ya? y Mañuco te queremos mucho, hermano, y él ¿ya?, riéndose, ¿borrachera cariñosa tú también? y Chingolo: querían hablarle, hermano, y también aconsejarlo. Cuéllar cambió, palideció, brindó, qué graciosa esa pareja ¿no?, él un renacuajo y ella una mona ¿no?, y Lalo para qué disimular, patita, ¿te mueres por Tere, no? y él tosió, estornudó, y Mañuco, Pichulita, dinos la verdad ¿sí o no? y él se rió, tristón y temblón, casi no se le oyó: ssse mmmoría, sssí. Dos Cristales más y Cuéllar no sabía qqqué iba a hacer, Choto, ¿qué podía hacer? y él caerle y él no puede ser, Chingolito, cómo le voy a caer y él cayéndole, patita, declarándole su amor, pues, te va a decir sí. Y él no era por eso, Mañuco, le podía decir sí pero ¿y después? Tomaba su cerveza y se le iba la voz y Lalo después sería después, ahora cáele y ya está, a lo mejor dentro de un tiempo se iba a curar y él, Chotito, ¿y si Tere sabía, si alguien se lo decía?, y ellos no sabía, nosotros ya la confesamos, se muere por ti y a él le volvía la voz ¿se muere por mí? y nosotros sí, y él claro que tal vez dentro de un tiempo me puedo curar ¿nos parecía que sí? y ellos sí sí, Pichulita, y en todo caso no puedes seguir así, amargándose, enflaqueciéndote, chupándose: que le cayera de una vez. Y Lalo ¿cómo podía dudar? Le caería, tendría enamorada y él ¿qué haría? y Choto tiraría plan y Mañuco le agarraría la mano y Chingolo la besaría y Lalo la paletearía su poquito y él ¿y después? y se le iba la voz y ellos ¿después?, y él después, cuando crecieran y tú te casaras, y él y tú y Lalo: qué absurdo, cómo ibas a pensar en eso desde ahora, y además es lo de menos. Un día la largaría, le buscaría pleito con cualquier pretexto y pelearía y así todo se arreglaría y él, queriendo y no queriendo hablar: justamente era eso lo que no quería, porque, porque la quería. Pero un ratito después —diez Cristales ya— hermanos, teníamos razón, era lo mejor: le caeré, estaré un tiempo con ella y la largaré.

Pero las semanas corrían y nosotros cuándo, Pichulita, y él mañana, no se decidía, le caería mañana, palabra, sufriendo como nunca lo vieron antes ni después, y las chicas «estás perdiendo el tiempo, pensando, pensando» cantándole el bolero *Quizás, quizás, quizás*. Entonces le comenzaron las crisis: de repente tiraba el taco al suelo en el billar, ¡cáele, hermano!, y se ponía a requitar a las botellas o a los puchos, y le buscaba lío a cualquiera o se le saltaban las lágrimas, mañana, esta vez era verdad, por su madre que sí: me le declaro o me mato. «Y así pasan los días, y tú desesperando…» y él se salía de la vermouth y se ponía a caminar, a trotar por la avenida Larco, déjenme, como un caballo loco, y ellos detrás, váyanse, quería estar solo, y nosotros cáele, Pichulita, no sufras, cáele, cáele, «quizás, quizás, quizás». O se metía en El Chasqui y tomaba, qué odio sentía, Lalo, hasta emborracharse, qué terrible pena, Chotito, y ellos lo acompañaban, ¡tengo ganas de matar, hermano!, y lo llevábamos medio cargado hasta la puerta de su casa, Pichulita, decídete de una vez, cáele, y ellas mañana y tarde «por lo que tú más quieras, hasta cuándo, hasta cuándo». Le hacen la vida imposible, decíamos, acabará borrachín, forajido, locumbeta.

Así terminó el invierno, comenzó otro verano y con el calor llegó a Miraflores un muchacho de San Isidro que estudiaba arquitectura, tenía un Pontiac y era nadador: Cachito Arnilla. Se arrimó al grupo y al principio ellos le poníamos mala cara y las chicas qué haces tú aquí, quién te invitó, pero Teresita déjenlo, blusita blanca, no lo fundan, Cachito siéntate a mi lado, gorrita de marinero, blue jeans, yo lo invité. Y ellos, hermano, ¿no veía?, y él sí, la está siriando, bobo, te la va a quitar, adelántate o vas muerto, y él y qué tanto que se la quitara y nosotros ¿ya no le importaba? y él qqqué le ibbba a importar y ellos ¿ya no la quería?, qqqué la ibbba a qqquerer.

Cachito le cayó a Teresita a fines de enero y ella que sí: pobre Pichulita, decíamos, qué amargado y de Tere qué coqueta, qué desgraciada, qué perrada le hizo. Pero las chicas ahora la defendían: bien hecho, de quién iba a ser la culpa sino de él, y Chabuca ¿hasta cuándo iba a esperar la pobre Tere que se decidiera?, y la China qué iba a ser una perrada, al contrario, la perrada se la hizo él, la tuvo perdiendo su tiempo tanto tiempo y Pusy además Cachito era muy bueno. Fina y simpático y pintón y Chabuca y Cuéllar un tímido y la China un maricón.

V

Entonces Pichula Cuéllar volvió a las andadas. Qué bárbaro, decía Lalo, ¿corrió olas en Semana Santa? Y Chingolo: olas no, olones de cinco metros, hermano, así de grandes, de diez metros. Y Choto: hacían un ruido bestial, llegaban hasta las carpas, y Chabuca más, hasta el Malecón, salpicaban los autos de la pista y, claro, nadie se bañaba. ¿Lo había hecho para que lo viera Teresita Arrarte?, sí, ¿para dejarlo mal al enamorado?, sí. Por supuesto, como diciéndole Tere fíjate a lo que me atrevo y Cachito a nada, ¿así que era tan nadador?, se remoja en la orillita como las mujeres y las criaturas, fíjate a quién te has perdido, qué bárbaro.

¿Por qué se pondría el mar tan bravo en Semana Santa?, decía Fina, y la China de cólera porque los judíos mataron a Cristo, y Choto ¿los judíos lo habían matado?, él creía que los romanos, qué sonso. Estábamos sentados en el Malecón, Fina, en ropa de baño, Choto, las piernas al aire, Mañuco, los olones reventaban, la China, y venían y nos mojaban los pies, Chabuca, qué fría estaba, Pusy, y qué sucia, Chingolo, el agua negra y la espuma café, Teresita, llena de yerbas y malaguas y Cachito Arnilla, y en eso pst pst, fíjense, ahí venía Cuéllar. ¿Se acercaría, Teresita?, ¿se haría el que no te veía?

Cuadró el Ford frente al Club de Jazz de La Herradura, bajó, entró a Las Gaviotas y salió en ropa de baño —una nueva, decía Choto, una amarilla, una Jantsen y Chingolo hasta en eso pensó, lo calculó todo para llamar la atención ¿viste, Lalo?—, una toalla al cuello como una chalina y anteojos de sol. Miró con burla a los bañistas asustados, arrinconados entre el Malecón y la playa y miró los olones alocados y furiosos que sacudían la arena y alzó la mano, nos saludó y se acercó. Hola Cuéllar, ¿qué tal ensartada, no?, hola, hola, cara de que no entendía, ¿mejor hubieran ido a bañarse a la piscina del Regatas, no?, qué hay, cara de porqué, qué tal. Y por fin cara de ¿por los olones?: no, qué ocurrencia, qué tenían, qué nos pasaba (Pusy: la saliva por la boca y la sangre por las venas, ja ja), si el mar estaba regio así, Teresita ojitos, ¿lo decía en serio?, sí, formidable hasta para correr olas, ¿estaba bromeando, no?, manitas y Cachito ¿él se atrevería a bajarlas?, claro, a puro pecho o con colchón, ¿no le creíamos?, no, ¿de eso nos reíamos?, ¿tenían miedo?, ¿de veras?, y Tere ¿él no tenía?, no, ¿iba a entrar?, sí, ¿iba a correr olas?, claro: grititos. Y lo vieron quitarse la toalla, mirar a Teresita Arrarte (¿se pondría colorada, no?, decía Lalo, y Choto no, qué se iba a poner, ¿y Cachito?, sí, él se muñequeó) y bajar corriendo las gradas del Malecón y arrearse al agua dando un mortal. Y lo vimos pasar rapidito la resaca de la orilla y llegar en un dos por tres a la reventazón. Venía una ola y él se hundía y después salía y se metía y salía, ¿qué parecía?, un pescadito, un bufeo, un gritito, ¿dónde estaba?, otro, mírenlo, un bracito, ahí, ahí. Y lo veían alejarse, desaparecer, aparecer y achicarse hasta llegar donde empezaban los tumbos, Lalo, qué tumbos: grandes, temblones, se levantaban y nunca caían, saltitos, ¿era esa cosita blanca?, nervios, sí. Iba, venía, volvía, se perdía entre la espuma y las olas y retrocedía y seguía, ¿qué parecía?, un patillo, un barquito de papel, y para verlo mejor Teresita se paró, Chabuca, Choto, todos, Cachito también, pero ¿a qué hora las iba a correr? Se demoró pero por fin se animó. Se volteó hacia la playa y nos buscó y él nos hizo y ellos le hicieron adiós, adiós, toallita. Dejó pasar uno, dos, y al tercer tumbo lo vieron, lo adivinamos meter la cabeza, impulsarse con un brazo para pescar la corriente, poner el cuerpo duro y patalear. La agarró, abrió los brazos, se elevó (¿un olón de ocho metros?, decía Lalo, más, ¿como el techo?, más, ¿como la catarata del Niágara, entonces?, más, mucho más) y cayó con la puntita de la ola y la montaña de agua se lo tragó y apareció el olón, ¿salió, salió?, y se acercó roncando como un avión, vomitando espuma, ¿ya, lo vieron, ahí está?, y por fin comenzó a bajar, a perder fuerza y él apareció, quietecito, y la ola lo traía suavecito, forrado de yuyos, cuánto aguantó sin respirar, qué pulmones, y lo varaba en la arena, qué bárbaro: nos había tenido con la lengua afuera, Lalo, no era para menos, claro. Así fue como recomenzó.

A mediados de este año, poco después de Fiestas Patrias, Cuéllar entró a trabajar en la fábrica de su viejo: ahora se corregirá, decían, se volverá un muchacho formal. Pero no fue así, al contrario. Salía de la oficina a las seis y a las siete estaba ya en Miraflores y a las siete y media en El Chasqui, acodado en el mostrador, tomando (una Cristal chica, un capitán) y esperando que llegara algún conocido para jugar cacho. Se anochecía ahí, entre dados, ceniceros repletos de puchos, timberos y botellas de cerveza helada, y remataba las noches viendo un show, en cabarets de mala muerte (el Nacional, el Pingüino, el Olímpico, el Turbillón) o, si andaba muca, acabándose de emborrachar en antros de lo peor, donde podía dejar en prenda su pluma Parker, su reloj Omega, su esclava de oro (cantinas de Surquillo o del Porvenir), y algunas mañanas se lo veía rasguñado, un ojo negro, una mano vendada: se perdió, decíamos, y las muchachas pobre su madre y ellos ¿sabes que ahora se junta con rosquetes, cafiches y pichicateros? Pero los sábados salía siempre con nosotros. Pasaba a buscarlos después del almuerzo y, si no íbamos al hipódromo o al Estadio, se encerraban donde Chingolo o Mañuco a jugar póquer hasta que oscurecía. Entonces volvíamos a nuestras casas y se duchaban y acicalábamos y Cuéllar los recogía en el poderoso Nash que su viejo le cedió al cumplir la mayoría de edad, muchacho, ya tenía veintiún años, ya puedes votar y su vieja, corazón, no corras mucho que un día se iba a matar. Mientras nos entonábamos en el chino de la esquina con un trago corto, ¿irían al chifa?, discutíamos, ¿a la calle Capón?, y contaban chistes, ¿a comer anticuchos Bajo el Puente?, Pichulita era un campeón, ¿a la Pizzería?, saben ésa de y qué le dijo la ranita y la del general y si Toñito Mella se cortaba cuando se afeitaba ¿qué pasaba? se capaba, ja ja ja, el pobre era tan huevón.

Después de comer, ya picaditos con los chistes, íbamos a recorrer bulines, las cervezas, de La Victoria, la conversación, de prolongación Huánuco, el sillau y el ají, o de la avenida Argentina, o hacían una pascanita en el Embassy o en el Ambassador para ver el primer show desde el bar y terminábamos generalmente en la avenida Grau, donde Nanette. Ya llegaron los miraflorinos, porque ahí los conocían, hola Pichulita, por sus nombres y por sus apodos, ¿cómo estás? y las polillas se morían y ellos de risa: estaba bien. Cuéllar se calentaba y a veces las reñía y se iba dando un portazo, no vuelvo más, pero otras se reía y les seguía la cuerda y esperaba, bailando, o sentado junto al tocadiscos con una cerveza en la mano, o conversando con Nanette, que ellos escogieran su polilla, subiéramos y bajaran: qué rapidito, Chingolo, les decía, ¿cómo te fue? o cuánto te demoraste, Mañuco, o te estuve viendo por el ojo de la cerradura, Choto, tienes pelos en el poto, Lalo. Y uno de esos sábados, cuando ellos volvieron al salón, Cuéllar no estaba y Nanette de repente se paró, pagó su cerveza y salió, ni se despidió. Salimos a la avenida Grau y ahí lo encontraron, acurrucado contra el volante del Nash, temblando, hermano, qué te pasó, y Lalo: estaba llorando. ¿Se sentía mal, mi viejo?, le decían, ¿alguien se burló de ti?, y Choto ¿quién te insultó?, quién, entrarían y le pegaríamos y Chingolo ¿las polillas lo habían estado fundiendo? y Mañuco ¿no iba a llorar por una tontería así, no? Que no les hiciera caso, Pichulita, anda, no llores, y él abrazaba el volante, suspiraba y con la cabeza y la voz rota no, sollozaba, no, no lo habían estado fundiendo, y se secaba los ojos con su pañuelo, nadie se había burlado, quién se iba a atrever. Y ellos cálmate, hombre, hermano, entonces por qué, ¿mucho trago?, no, ¿estaba enfermo?, no, nada, se sentía bien, lo palmeábamos, hombre, viejo, hermano, lo alentaban, Pichulita. Que se serenara, que se riera, que arrancara el potente Nash, vamos por ahí. Se tomarían la del estribo en el Turbillón, llegaremos justo al segundo show, Pichulita, que partiera y que no llorara. Cuéllar se calmó por fin, partió y en la avenida 28 de Julio ya estaba riéndose, viejo, y de repente un puchero, sincérate con nosotros, qué había pasado, y él nada, caray, se había entristecido un poco nada más, y ellos por qué si la vida era de mamey, compadre, y él de un montón de cosas, y Mañuco de qué por ejemplo, y él de que los hombres ofendieran tanto a Dios por ejemplo, y Lalo ¿de que qué dices?, y Choto ¿quería decir de que pecaran tanto?, y él sí, por ejemplo, ¿qué pelotas, no?, sí, y también de lo que la vida era tan aguada. Y Chingolo qué iba a ser aguada, hombre, era de mamey, y él porque uno se pasaba el tiempo trabajando, o chupando, o jaraneando, todos los días lo mismo y de repente envejecía y se moría ¿qué cojudo, no?, sí. ¿Eso había estado pensando donde Nanette?, ¿eso delante de las polillas?, sí, ¿de eso había llorado?, sí, y también de pena por la gente pobre, por los ciegos, los cojos, por esos mendigos que iban pidiendo limosna en el jirón de la Unión, y por los canillitas que iban vendiendo *La Crónica* ¿qué tonto, no? y por esos cholitos que te lustran los zapatos en la plaza San Martín, ¿qué bobo, no?, y nosotros claro, qué tonto, ¿pero ya se le había pasado, no?, claro, ¿se había olvidado?, por supuesto, a ver una risita para creerte, ja ja. Corre Pichulita, pícala, el fierro a fondo, qué hora era, a qué hora empezaba el show, quién sabía. ¿Estaría siempre esa mulata cubana?, ¿cómo se llamaba?, Ana, ¿qué le decían?, la Caimana, a ver, Pichulita, demuéstranos que se te pasó, otra risita: ja ja.

VI

Cuando Lalo se casó con Chabuca, el mismo año que Mañuco y Chingolo se recibían de ingenieros, Cuéllar ya había tenido varios accidentes y su Volvo andaba siempre abollado, despintado, las lunas rajadas. Te matarás, corazón, no hagas locuras y su viejo era el colmo, muchacho, hasta cuándo no iba a cambiar, otra palomillada y no le daría ni un centavo más, que recapacitara y se enmendara, si no por ti por su madre, se lo decía por su bien. Y nosotros: ya estás grande para juntarte con mocosos, Pichulita. Porque le había dado por ahí. Las noches se las pasaba siempre timbeando con los noctámbulos de El Chasqui o del D'Onofrio, o conversando y chupando con los bola de oro, los mafiosos del Haití (¿a qué hora trabaja, decíamos, o será cuento que trabaja?), pero en el día vagabundeaba de un barrio de Miraflores a otro y se lo veía en las esquinas, vestido como James Dean (blue jeans ajustados, camisita de colores abierta desde el pescuezo hasta el ombligo, en el pecho una cadenita de oro bailando y enredándose entre los vellitos, mocasines blancos), jugando trompo con los cocacolas, pateando pelota en un garaje, tocando rondín. Su carro andaba siempre repleto de rocanroleros de trece, catorce, quince años y, los domingos, se aparecía en el Waikiki

(hazme socio, papá, la tabla hawaiana era el mejor deporte para no engordar y él también podría ir, cuando
hiciera sol, a almorzar con la vieja junto al mar) con pan-
dillas de criaturas, mírenlo, mírenlo, ahí está, qué ricura,
y qué bien acompañado se venía, qué frescura: uno por
uno los subía a su tabla hawaiana y se metía con ellos
más allá de la reventazón. Les enseñaba a manejar el
Volvo, se lucía ante ellos dando curvas en dos ruedas en
el Malecón y los llevaba al Estadio, al cachascán, a los to-
ros, a las carreras, al Bowling, al box. Ya está, decíamos,
era fatal: maricón. Y también: qué le quedaba, se comprendía, se le disculpaba pero, hermano, resulta cada día
más difícil juntarse con él, en la calle lo miraban, lo sil-
baban y lo señalaban, y Choto a ti te importa mucho el
qué dirán, y Mañuco lo rajaban y Lalo si nos ven mucho
con él y Chingolo te confundirán.

Se dedicó un tiempo al deporte y ello lo hace más
que nada para figurar: Pichulita Cuéllar, corredor de autos como antes de olas. Participó en el Circuito de Ato-
congo y llegó tercero. Salió fotografiado en *La Crónica* y
en *El Comercio* felicitando al ganador, Arnaldo Alvarado
era el mejor, dijo Cuéllar, el pundonoroso perdedor. Pero se hizo más famoso todavía un poco después, apostan-
do una carrera al amanecer, desde la plaza San Martín
hasta el parque Salazar, con Quique Ganoza, éste por la
buena pista, Pichulita contra el tráfico. Los patrulleros
lo persiguieron desde Javier Prado, sólo lo alcanzaron en
Dos de Mayo, cómo correría. Estuvo un día en la comisaría y ¿ya está?, decíamos, ¿con este escándalo escar-
mentará y se corregirá? Pero a las pocas semanas tuvo su
primer accidente grave, haciendo el paso de la muerte

—las manos amarradas al volante, los ojos vendados— en la avenida Angamos. Y el segundo, tres meses después, la noche que le dábamos la despedida de soltero a Lalo. Basta, déjate de niñerías, decía Chingolo, para de una vez que ellos estaban grandes para estas bromitas y queríamos bajarnos. Pero él ni de a juego, qué teníamos, ¿desconfianza en el trome?, ¿tremendos vejetes y con tanto miedo?, no se vayan a hacer pis, ¿dónde había una esquina con agua para dar una curvita resbalando? Estaba desatado y no podían convencerlo, Cuéllar, viejo, ya estaba bien, déjanos en nuestras casas, y Lalo mañana se iba a casar, no quería romperse el alma la víspera, no seas inconsciente, que no se subiera a las veredas, no cruces con la luz roja a esta velocidad, que no fregara. Chocó contra un taxi en Alcanfores y Lalo no se hizo nada, pero Mañuco y Choto se hincharon la cara y él se rompió tres costillas. Nos peleamos y un tiempo después los llamó por teléfono y nos amistamos y fueron a comer juntos pero esta vez algo se había fregado entre ellos y él y nunca más fue como antes.

Desde entonces nos veíamos poco y cuando Mañuco se casó le envió parte de matrimonio sin invitación, y él no fue a la despedida y cuando Chingolo regresó de Estados Unidos casado con una gringa bonita y con dos hijos que apenitas chapurreaban español, Cuéllar ya se había ido a la montaña, a Tingo María, a sembrar café, decían, y cuando venía a Lima y lo encontraban en la calle, apenas nos saludábamos, qué hay cholo, cómo estás Pichulita, qué te cuentas viejo, ahí vamos, chau y ya había vuelto a Miraflores, más loco que nunca, y ya se había matado, yendo al norte, ¿cómo?, en un choque,

¿dónde?, en las traicioneras curvas de Pasamayo, pobre, decíamos en el entierro, cuánto sufrió, qué vida tuvo, pero este final es un hecho que se lo buscó.

Eran hombres hechos y derechos ya y teníamos todos mujer, carro, hijos que estudiaban en el Champagnat, la Inmaculada o el Santa María, y se estaban construyendo una casita para el verano en Ancón, Santa Rosa o las playas del sur, y comenzábamos a engordar y a tener canas, barriguitas, cuerpos blandos, a usar anteojos para leer, a sentir malestares después de comer y de beber y aparecían ya en sus pieles algunas pequitas, ciertas arruguitas.

Índice